HOWARD PHILLIPS LOVECRAFT
O HORROR DE DUNWICH

ILUSTRAÇÕES
SANTIAGO CARUSO

Título original: *The Dunwich Horror*

©2009 das ilustrações, Santiago Caruso
©2009, Libros del Zorro Rojo, Barcelona – Buenos Aires
©2014, Livros da Raposa Vermelha para a presente edição

Tradução: Monica Stahel

Diretor editorial: Fernando Diego García
Diretor de arte: Sebastián García Schnetzer
Projeto editorial: Alejandro García Schnetzer
Acompanhamento editorial: Helena Guimarães Bittencourt
Revisões gráficas: Solange Martins / Sandra Garcia Cortés
Produção gráfica: Geraldo Alves
Composição: Marcela Castañeda

Dados Internacionais de Catalogação na Publicação (CIP)
(Câmara Brasileira do Livro, SP, Brasil)

Lovecraft, Howard Phillips, 1890-1937
 O horror de Dunwich / Howard Phillips Lovecraft ;
ilustrações Santiago Caruso ; tradução Monica Stahel.
2. ed. - Ubatuba, SP : Livros da Raposa Vermelha, 2019.

 Título original: The Dunwich Horror
 ISBN 978-85-66594-38-6

 1. Literatura juvenil I. Caruso, Santiago. II. Título.

19-30086   CDD-028.5

Índices para catálogo sistemático:
1. Literatura juvenil 028.5

ISBN: 978-85-66594-38-6

Primeira edição brasileira: agosto 2014
Segunda edição: novembro 2019

Todos os direitos reservados. Este livro não pode se reproduzido,
no todo ou em parte, nem armazenado em sistemas eletrônicos
recuperáveis nem transmitido por nenhuma forma ou meio eletrônico,
mecânico ou outros, sem a prévia autorização por escrito do Editor.

Livros da Raposa Vermelha
Rua Tapajós 46, Loja 01, 11680-000 Ubatuba, SP
Tel. (11) 3822-4289
www.livrosdaraposavermelha.com.br

HOWARD PHILLIPS
LOVECRAFT
O HORROR DE
DUNWICH
ILUSTRAÇÕES
SANTIAGO CARUSO
TRADUÇÃO: MONICA STAHEL

LIVROS DA RAPOSA VERMELHA

O HORROR DE DUNWICH

Górgonas, Hidras e Quimeras – histórias horripilantes de Celeno e das Harpias – talvez se reproduzam no cérebro da superstição, mas existiam antes. São transcrições, tipos – os arquétipos estão dentro de nós e são eternos. Senão como poderia afetar todos nós o relato daquilo que, quando despertos, sabemos ser falso? Porventura concebemos naturalmente o terror a partir desses objetos, considerados capazes de nos infligir dano físico? Ora, de modo nenhum! Esses terrores são mais antigos. Datam de antes do corpo – ou sem o corpo seriam os mesmos... O fato de o tipo de medo aqui tratado ser puramente espiritual, de ser forte em proporção à sua falta de objeto na Terra, de predominar no período da nossa infância inocente... são dificuldades cuja solução pode propiciar uma provável introspecção sobre nossa condição anterior à criação do mundo e um vislumbre pelo menos da zona de sombras da preexistência.

Charles Lamb, *Witches and Other Night-Fears*
[Bruxas e outros pavores noturnos].

I

No centro norte de Massachusetts, no cruzamento da estrada de Aylesbury depois de Dean's Corner, o viajante que envereda pela ramificação errada chega a uma região solitária e estranha. O terreno se torna mais alto, e as paredes de pedra orladas de sarças estreitam cada vez mais o curso da estrada poeirenta e sinuosa. As árvores das frequentes faixas de florestas parecem grandes demais e ervas daninhas, espinheiros e relvas selvagens atingem uma exuberância pouco frequente em regiões povoadas. Ao mesmo tempo, os campos cultivados são singularmente raros e áridos; as casas esparsas têm aparência surpreendentemente uniforme de velhice, sujeira e dilapidação.

Sem saber por quê, hesitamos em pedir informações às figuras tortuosas e solitárias que vislumbramos vez ou outra nas soleiras caindo aos pedaços ou nos campos íngremes e pedregosos. São figuras tão silenciosas e furtivas que se tem a impressão de estar, de certo modo, diante de coisas proibidas, com as quais é preferível não ter contato. Quando a estrada sobe e põe à mostra as montanhas por sobre os bosques densos, cresce o sentimento de estranha inquietação. Os cumes são por demais arredondados e simétricos para que se possa ter uma sensação de conforto e naturalidade, e às vezes o céu recorta com especial nitidez a silhueta dos estranhos círculos de altos pilares de pedra que coroam a maioria deles.

Desfiladeiros e ravinas de profundidade incerta atravessam o caminho, e as rudes pontes de madeira sempre parecem de segurança duvidosa. Quando a trilha volta a descer há trechos pantanosos que causam aversão instintiva e, na verdade, quase pavor quando, ao anoitecer, bacurais invisíveis tagarelam e os vaga-lumes saem em profusão insólita para dançar ao ritmo insistente do medonho coaxar rouco e estridente das rãs. O traço fino e brilhante do curso superior do Miskatonic sugere uma estranha serpente que se insinua junto dos sopés das colinas arredondadas entre as quais ele nasce.

Ao se aproximarem as colinas, chamam mais a atenção seus flancos cobertos de florestas do que os topos coroados de pedras. As encostas se avultam tão escuras e íngremes que a vontade é afastar-se delas, mas não há estrada pela qual se possa escapar. Do outro lado de uma ponte coberta vemos um vilarejo encurralado entre o rio e a encosta escarpada de Round Mountain, e admiramos o conjunto de telhados holandeses deteriorados que revelam um período arquitetônico anterior ao da região vizinha. Num olhar mais detido, é inquietante ver que as casas, em sua maioria, estão desertas e em ruínas, e que a igreja, com o campanário quebrado, abriga agora o único e desleixado estabelecimento comercial do povoado. É temerário confiar no tenebroso túnel da ponte, embora não haja como evitá-lo. Depois de atravessá-lo, é difícil deixar de sentir um leve mau cheiro pela rua do vilarejo, como que do acúmulo de mofo e podridão de séculos. É sempre um alívio deixar aquele lugar e seguir a estrada estreita que contorna o sopé das colinas e atravessa a região plana até voltar à estrada de Aylesbury. Depois ficamos sabendo que passamos por Dunwich.

Forasteiros vão a Dunwich o mais raramente possível, e desde uma certa temporada de horror todas as placas que indicavam o vilarejo foram retiradas. O cenário, julgado pelo padrão estético geral, é de beleza extraordinária; mesmo assim, não há afluência de artistas nem de turistas em veraneio.

Há dois séculos, quando falar de sangue de bruxa, cultos satânicos e presenças estranhas na floresta não provocava riso, alegavam-se razões para evitar aquele lugar. Em nossa época sensata – desde que o horror de Dunwich de 1928 foi silenciado por quem preza o bem-estar do vilarejo e do mundo – as pessoas o deixaram de lado sem saber exatamente por quê. Talvez uma razão – embora não se possa aplicar a estrangeiros desinformados – seja que os habitantes do lugar estão agora repulsivamente decadentes e há muito enveredaram pelo caminho da regressão, tão comum em muitas regiões recônditas da Nova Inglaterra. Passaram, por si sós, a formar uma raça, com o estigma mental e físico bem definido da degenerescência e da procriação consanguínea. Sua média de inteligência é deploravelmente baixa, enquanto seus anais transpiram depravação e mal dissimulados assassínios, incestos e atos de violência e perversidade quase indescritíveis. A antiga aristocracia, representada por duas ou três famílias de alta estirpe que vieram de Salem em 1692, manteve-se um pouco acima do nível geral de decadência, embora muitos ramos tenham mergulhado tão profundamente na sórdida ralé que apenas seus nomes restam como chave da origem que desonram. Alguns dos Whateley e dos Bishop ainda mandam seus filhos mais velhos para Harvard e Miskatonic, embora raramente esses filhos retornem aos telhados holandeses deteriorados sob os quais eles e seus ancestrais nasceram.

Ninguém, nem mesmo quem tem conhecimento dos fatos ligados ao horror recente, é capaz de dizer exatamente o que ocorre com Dunwich; embora lendas antigas falem de ritos e conclaves profanos dos índios, em meio aos quais invocavam obscuros vultos proibidos das colinas arredondadas e faziam preces orgíacas que eram respondidas por altos estalos e estrondos subterrâneos. Em 1747 o reverendo Abijah Hoadley, recém-chegado à Igreja Congregacionista do vilarejo de Dunwich, fez um sermão memorável sobre a intensa presença de Satã e seus diabretes. Ele disse:

– É preciso admitir que essas Blasfêmias de uma Procissão infernal de Demônios são Assunto de Conhecimento muito geral para que possamos negá-las; as malditas Vozes subterrâneas de Azazel e Buzrael, de Belzebu e Belial, ouvidas agora por um grande Número de Testemunhas confiáveis, ainda vivas. Eu mesmo, há não mais de Duas Semanas, captei um discurso muito claro de Forças malignas na colina atrás de minha Casa, no qual havia Estrépitos e Ribombos, Gemidos, Guinchos e Silvos, que Nada neste Mundo poderia produzir e que necessariamente vieram das Cavernas que só a Magia negra pode descobrir e só o Diabo pode abrir.

O sr. Hoadley desapareceu pouco depois de pronunciar esse sermão, mas o texto, impresso em Springfield, ainda existe. Os barulhos nas colinas continuaram sendo relatados ano após ano, e ainda constituem um enigma para geólogos e fisiógrafos.

Outras tradições falam de odores repugnantes perto dos círculos de pilares de pedra que coroam as colinas e de presenças aéreas fugazes vagamente ouvidas, em certas horas, de determinados pontos no fundo das grandes ravinas; e outras ainda tentam

explicar o Quintal do Salto do Diabo – uma encosta deserta, amaldiçoada, em que não cresce nenhuma árvore, arbusto ou capim. E, também, os nativos têm um medo mortal dos inúmeros bacuraus que fazem ouvir seu pio nas noites quentes. Afirmam que as aves são psicopompos que ficam à espera das almas dos mortos e se preparam para lançar seus gritos sinistros em uníssono com a respiração ofegante dos agonizantes. Quando conseguem agarrar a alma fugidia assim que ela deixa o corpo, no mesmo instante levantam voo, chilreando gargalhadas demoníacas; mas, quando fracassam, vão caindo aos poucos num silêncio decepcionado.

Essas histórias, é claro, são obsoletas e absurdas; elas provêm de tempos muito antigos. Dunwich é, de fato, absurdamente velha – muito mais velha do que qualquer uma das comunidades num raio de trinta milhas. No sul do vilarejo, ainda se veem as paredes do porão e a chaminé da antiga casa dos Bishop, construída antes de 1700; ao passo que as ruínas do moinho ao lado da cachoeira, construído em 1806, são a obra arquitetônica mais moderna que se vê. Aqui a indústria não se desenvolveu, e o movimento fabril do século dezenove teve vida curta. Mais antigos são os grandes círculos de colunas de pedra rusticamente lavradas nos topos das colinas, mas são atribuídos mais geralmente aos índios do que aos colonizadores. Depósitos de crânios e ossos, encontrados no interior desses círculos e em torno da grande pedra em forma de mesa em Sentinel Hill alimentam a crença popular de que esses lugares foram outrora os cemitérios dos Pocumtucks; no entanto, muitos etnólogos, a despeito da absurda improbabilidade de tal teoria, persistem em acreditar que se trata de resquícios caucasianos.

II

Foi no distrito de Dunwich, numa casa de fazenda grande e parcialmente habitada localizada numa encosta a quatro milhas do vilarejo e a uma milha e meia de qualquer outra habitação, que nasceu Wilbur Whateley, às 5 da manhã de um domingo, 2 de fevereiro de 1913. Essa data foi lembrada por ser a candelária, que o povo de Dunwich estranhamente observa sob outro nome; e porque os barulhos das colinas se fizeram ouvir e todos os cães da região latiram ininterruptamente durante toda a noite anterior. Menos notável era o fato de que a mãe era um dos Whateley decadentes, uma mulher albina sem atrativos, um tanto deformada, de trinta e cinco anos, que morava com o pai idoso e meio insano, sobre o qual em sua juventude sussurravam-se as mais assustadoras histórias de magia. Lavinia Whateley não tinha marido conhecido, mas de acordo com o costume da região não tentou renegar o filho; com relação ao outro lado da ascendência o pessoal do lugar que especulasse – e especulou – à vontade. Ao contrário, ela parecia estranhamente orgulhosa do menino escuro com aparência de bode que tanto contrastava com seu albinismo doentio de olhos cor-de-rosa, e ouviram-na murmurar muitas profecias estranhas sobre os poderes excepcionais e o espantoso futuro dele.

Lavinia era bem capaz de murmurar essas coisas, pois era uma criatura solitária dada a perambular pelas colinas em meio a trovões e tempestades e a ler os grandes livros malcheirosos que o pai herdara ao longo de dois séculos e que estavam quase caindo aos pedaços de tão velhos e esburacados pelos vermes. Ela nunca tinha ido à escola, mas carregava fragmentos disparatados das velhas tradições que o Velho Whateley lhe tinha transmitido. A fazenda remota sempre fora temida porque o Velho Whateley tinha fama de lidar com magia negra, e a morte violenta e inexplicada da sra. Whateley quando Lavinia tinha doze anos não ajudara a tornar o lugar mais atraente. Isolada entre estranhas influências, Lavinia era afeita a devaneios turbulentos e espalhafatosos e a ocupações inusitadas; também não se ocupava muito dos cuidados com a casa da qual todos os padrões de ordem e limpeza tinham desaparecido havia muito tempo.

Na noite em que Wilbur nasceu, um grito medonho ecoou sobrepondo-se até mesmo aos ruídos da colina e aos latidos dos cães, mas nenhum médico nem parteira assistiu à sua chegada. Os vizinhos nada souberam até que, uma semana depois, o Velho Whateley pegou seu trenó e atravessou a neve até a vila de Dunwich e fez um discurso incoerente para os desocupados reunidos no armazém Osborn. O velho parecia mudado – um novo elemento indefinido no cérebro anuviado sutilmente o transformara de objeto em sujeito de medo – embora não fosse alguém de se deixar perturbar por nenhum evento familiar. Em meio a tudo isso ele mostrava algum vestígio do orgulho que depois se notou em sua filha, e o que disse da paternidade da criança ainda era lembrado até anos depois por muitos de seus ouvintes.

– Não me importa o que as pessoas pensam – se o filho da Lavinia fosse parecido com o pai, seria diferente de tudo o que imaginam. Não pensem que as únicas criaturas que existem são as que vivem por aqui. Lavinia tem um pouco de leitura e já viu coisas que a maioria de vocês só sabe falar. Acho que o homem dela é o melhor marido que se pode encontrar deste lado de Aylesbury; e se vocês soubessem das montanhas tudo o que eu sei não iam pedir melhor casamento na igreja para ela. Vou falar uma coisa para vocês – algum dia as pessoas daqui vão ouvir o filho da Lavinia gritar o nome do pai dele do alto da Sentinel Hill!

As únicas pessoas que viram Wilbur durante seu primeiro mês de vida foram o velho Zechariah Whateley, dos Whateley não decadentes, e a mulher que vivia com Earl Sawyer, Mamie Bishop. A visita de Mamie foi abertamente por curiosidade, e as histórias que contou depois fizeram jus a suas observações; mas Zechariah foi para levar duas vacas de Alderney que o Velho Whateley tinha comprado do seu filho Curtis. Isso marcou o início de uma série de compras de gado por parte da família do pequeno Wilbur, que só terminou em 1928, quando o horror de Dunwich aconteceu; no entanto em nenhum momento o curral em ruínas dos Whateley pareceu lotado de gado. Houve um período em que as pessoas iam espiar, curiosas, e contavam os animais que pastavam precariamente na encosta íngreme acima da velha casa, e nunca encontraram mais de dez ou doze espécimes anêmicos e exangues. Evidentemente, alguma praga ou doença, talvez provinda do pasto insalubre ou dos fungos e madeiras infectados do curral imundo, causou uma intensa mortalidade entre os animais dos Whateley. Estranhas feridas e chagas, algumas com aparência de incisões, pareciam afligir o gado que se mantinha visível; e, nos primeiros meses, uma ou duas vezes alguns visitantes imaginaram ter visto ferimentos semelhantes na garganta do velho grisalho e barbado e da sua filha albina desleixada e de cabelo desgrenhado.

Na primavera seguinte ao nascimento de Wilbur, Lavinia retomou suas andanças constantes pelas colinas, carregando nos braços desproporcionais o filho trigueiro. O interesse público pelos Whateley se reduziu depois que a maioria das pessoas da região viu o bebê, e ninguém se preocupava em comentar o desenvolvimento rápido que o recém-chegado parecia revelar a cada dia. O crescimento de Wilbur era realmente fenomenal, pois aos três meses já tinha alcançado um tamanho e uma força muscular dificilmente observados em crianças com menos de um ano de idade. Seus movimentos e até seus sons vocais mostravam um controle e uma intencionalidade muito incomuns num bebê, e na verdade ninguém se surpreendeu quando, aos sete meses, ele começou a andar sem ajuda, com hesitações que mais um mês foi suficiente para debelar.

Um pouco depois – no dia de Todos os Santos –, à meia-noite, uma fogueira enorme foi vista no topo da Sentinel Hill, onde fica a antiga pedra em forma de mesa, em meio a seu montículo de velhos ossos. Um falatório se desencadeou quando Silas Bishop – dos Bishop não decadentes – mencionou ter visto o menino subindo a montanha na frente da mãe, correndo vigorosamente, cerca de uma hora antes de se ver a fogueira. Silas ia em busca de uma novilha desgarrada, mas quase esqueceu sua tarefa quando vislumbrou de passagem as duas figuras sob a luz fraca de sua lanterna. Os dois corriam pelo mato, quase sem ruído, e o observador atônito teve a impressão de que estavam completamente nus. Depois já não teve tanta certeza quanto ao menino, que talvez estivesse apenas com uma espécie de cinto cheio de franjas e um par de calças ou calções escuros. Depois disso Wilbur nunca foi visto vivo e consciente sem traje completo e bem abotoado, cujo desarranjo, ou ameaça de desarranjo, pareciam deixá-lo muito enraivecido e alarmado. Considerava-se notável contraste, nesse aspecto, com relação à mãe esquálida e ao avô, até que o horror de 1928 sugeriu a mais válida das razões.

No mês de janeiro seguinte os rumores mostraram algum interesse pelo fato de o "pirralho preto de Lavinia" ter começado a falar com a idade de apenas onze meses. Sua fala era notável tanto por não apresentar nenhum dos sotaques comuns da região quanto pela ausência dos ceceios infantis, da qual muitas crianças de três ou quatro anos provavelmente se orgulhariam. O menino não era falador, mas quando falava parecia refletir um elemento indefinível que a gente de Dunwich não tinha de modo nenhum. A estranheza não estava no que ele dizia, nem nas expressões

simples que usava; mas parecia vagamente ligada à entonação ou aos órgãos internos que produziam os sons da fala. Seu rosto também era notável pela maturidade; pois embora tivesse o queixo recuado, como o avô e a mãe, seu nariz firme e de forma precocemente definida unia-se à expressão de seus olhos grandes e escuros, quase latinos, para lhe conferir um ar de quase adulto e próximo de uma inteligência sobrenatural. No entanto, ele era extremamente feio, apesar de sua aparência de brilhantismo; havia algo de caprino ou animalesco em seus lábios grossos, sua pele amarelada de poros largos, seu cabelo grosso e crespo e suas orelhas estranhamente alongadas. Logo ele passou a desagradar mais intensamente do que a mãe e o avô, e todas as conjecturas a seu respeito eram condimentadas com referências às antigas bruxarias do Velho Whateley, como o episódio das colinas que chacoalharam quando ele berrou o temível nome de Yog-Sothoth no meio de um círculo de pedras e tendo nas mãos, à sua frente, um grande livro aberto. Os cães detestavam o garoto, e ele era sempre obrigado a recorrer a medidas de defesa contra seus latidos ameaçadores.

III

Enquanto isso o Velho Whateley continuava comprando gado, sem aumentar perceptivelmente o tamanho de seu rebanho. Também cortou madeira e começou a consertar as partes abandonadas de sua casa – espaçosa, com telhado em ponta, com a parte de trás inteiramente enterrada na encosta rochosa da colina e cujos três cômodos menos arruinados do térreo sempre tinham sido suficientes para ele e a filha.

Decerto o velho tinha reservas prodigiosas de força para ser capaz de cumprir tantas tarefas pesadas; e, apesar de vez ou outra ainda balbuciar insanidades, seu serviço de carpintaria revelava ser resultado de cálculos precisos. Ele tinha começado logo que Wilbur nascera, quando de uma hora para outras arrumou, calafetou com madeira e colocou uma fechadura nova em folha em um dos muitos galpões de ferramentas. Agora, restaurando o piso superior abandonado da casa, mostrou-se um artífice igualmente hábil. Sua excentricidade só se manifestava no fato de vedar completamente com tábuas toda a parte a ser reformada – embora muitos afirmassem que era loucura o próprio fato de se dar o trabalho de fazer qualquer reforma.

Menos inexplicável era ele arranjar mais cômodo embaixo para seu novo neto – um quarto que muitos visitantes viram, embora a nenhum deles fosse permitido acesso ao andar de cima, hermeticamente vedado. Esse cômodo ele revestiu com estantes altas e sólidas, nas quais começou a dispor gradualmente, pelo visto em perfeita ordem, todos os velhos livros decompostos que em sua época eram empilhados caoticamente nos cantos mais excêntricos dos vários cômodos.

– Usei eles um pouco – ele dizia, enquanto tentava consertar uma página preta rasgada com cola preparada no fogão enferrujado da cozinha –, mas o menino vai saber usar eles melhor. Vai ter que guardar eles bem, porque vão ensinar muita coisa para ele.

Quando Wilbur tinha um ano e sete meses – em setembro de 1914 –, seu tamanho e as coisas que ele fazia eram quase assustadores. Tinha o tamanho de uma criança de quatro anos, falava com fluência e era incrivelmente inteligente. Corria às soltas pelos campos e colinas e acompanhava a mãe em todas as suas andanças. Em casa examinava atentamente as imagens e mapas estranhos dos livros do avô, enquanto o Velho Whateley o instruía e catequizava durante longas tardes silenciosas. Nessa época a restauração da casa tinha terminado, e quem a via perguntava-se por que uma das janelas de cima tinha sido transformada numa sólida porta de pranchas de madeira. Era uma janela de trás da empena da extremidade leste, bem próxima da colina; e ninguém conseguia imaginar por que tinha sido construída uma rampa de madeira que a ligava ao chão. Por volta da época em que se completaram os trabalhos, as pessoas notaram que a velha casa de ferramentas, trancada e com todas as aberturas vedadas com tábuas desde o nascimento de Wilbur, tinha sido abandonada novamente. A porta balançava, largada aberta, e quando Earl Sawyer certa vez entrou, depois de uma visita ao Velho Whateley para vender gado, ficou aturdido com o cheiro estranho – um fedor, segundo ele, como nunca tinha sentido na vida a não ser perto dos círculos dos índios nas colinas e que não poderia vir de nada que fosse sadio neste mundo. No entanto, as casas e barracões das pessoas de Dunwich nunca se destacaram pela pureza de seus odores.

Nos meses seguintes não houve acontecimentos notáveis, salvo que todos observaram um aumento lento mas persistente dos misteriosos ruídos da colina. Na véspera de primeiro de maio de 1915, houve tremores que até a gente de Aylesbury sentiu, enquanto o dia de Todos os Santos seguinte produziu um estrondo subterrâneo estranhamente sincronizado com jorros de chamas – "as bruxarias dos Whateley" – do cume da Sentinel Hill. Wilbur crescia fantasticamente, de modo que, quando entrou em seu quarto ano, parecia um menino de dez. Agora lia sozinho, avidamente. Mas falava muito menos do que antes. Estava constantemente absorto e taciturno, e pela primeira vez as pessoas começaram a falar especificamente do olhar mau que despontava em seu rosto de bode. Às vezes ele murmurava uma linguagem desconhecida e cantava em ritmos estranhos, e quem o ouvia se congelava, com uma inexplicável sensação de terror. A aversão que os cães lhe tinham passou a ser notada por todos, e ele era obrigado a levar um revólver para atravessar a região em segurança. O fato de usar a arma ocasionalmente não aumentava a simpatia que lhe tinham os donos de cães de guarda.

As poucas visitas que chegavam à casa frequentemente encontravam Lavinia sozinha, no andar de baixo, enquanto gritos e passos estranhos soavam no segundo andar entabuado. Ela nunca dizia o que o pai e o menino faziam lá em cima, embora certa vez tenha empalidecido e demonstrado um medo anormal quando um vendedor de peixe zombeteiro forçou a porta trancada que dava na escada. Esse peixeiro contou aos desocupados do armazém de Dunwich que teve a impressão de ouvir um cavalo batendo as patas no chão do andar de cima. Os homens do armazém pensaram na porta, na rampa e no gado que sumia tão depressa. Estremeceram ao lembrar as histórias de quando o Velho Whateley era jovem e das coisas estranhas que diziam sair da terra quando em determinada época um boi era sacrificado a certos deuses pagãos. Havia algum tempo vinha-se notando que os cães passaram a detestar e temer todo o território dos Whateley tão violentamente quanto detestavam e temiam o jovem Wilbur.

Em 1917 começou a guerra, e o juiz de paz Sawyer Whateley, presidente da junta de recrutamento local, teve dificuldade para conseguir preencher a quota de jovens de Dunwich aptos até a serem enviados ao campo de treinamento. O governo, alarmado com esses sinais de completa decadência da região, mandou vários oficiais e peritos médicos para investigar; eles realizaram uma pesquisa da qual os leitores de jornal da Nova Inglaterra decerto ainda se lembram. A publicidade acerca dessa investigação colocou os repórteres na pista dos Whateley e levou o *Boston Globe* e a *Arkham Advertiser* a publicar histórias dominicais extravagantes sobre a precocidade do jovem Wilbur, a magia negra do Velho Whateley, as estantes cheias de livros estranhos, o andar superior vedado da velha casa e os ruídos das colinas de toda aquela região misteriosa. Na época Wilbur tinha quatro anos e meio e parecia um rapaz de quinze. Uma penugem áspera e escura cobria seus lábios e suas bochechas e sua voz estava começando a mudar.

Earl Sawyer foi até os Whateley com as duas equipes de repórteres e câmeras e chamou sua atenção para o odor estranho que parecia escoar das dependências superiores vedadas. Disse que era exatamente igual ao cheiro que sentira no galpão de ferramentas abandonado quando a casa finalmente foi reformada; e semelhante aos cheiros que às vezes tinha a impressão de sentir vagamente perto do círculo de pedras nas montanhas. O povo de Dunwich leu as histórias quando foram publicadas e ironizou os erros óbvios. Também se perguntou por que os jornalistas davam tanta importância ao fato de o Velho Whateley sempre pagar por seu gado com moedas de ouro extremamente antigas. Os Whateley tinham recebido os visitantes com mal disfarçado desagrado, embora não ousassem provocar mais publicidade resistindo ou recusando-se violentamente a falar.

IV

Por uma década os anais dos Whateley se misturaram à vida geral de uma comunidade mórbida acostumada a seus modos estranhos e indiferente a suas orgias das vésperas de primeiro de maio e orgias do dia de Todos os Santos. Duas vezes por ano acendiam fogueiras no topo da Sentinel Hill, momentos em que os estrondos da montanha ocorriam com violência cada vez maior; no entanto, em todas as estações aconteciam coisas estranhas e agourentas na casa solitária. Com o correr do tempo, os visitantes diziam ouvir ruídos no andar de cima mesmo quando toda a família estava no térreo, e se perguntavam se geralmente o sacrifício de uma vaca ou um boi era rápido ou demorado. Falou-se de prestar queixa à Sociedade de Prevenção de Crueldade contra Animais, mas não deu em nada, pois a gente de Dunwich não fazia nenhuma questão de chamar para si a atenção do mundo de fora.

Por volta de 1923, quando Wilbur era um menino de dez anos com mentalidade, voz, estatura e rosto barbado que davam impressão de maturidade, uma segunda fase de obras de carpintaria se iniciou na velha casa. Foi tudo dentro da parte vedada do andar de cima, e pelos pedaços de madeira descartada as pessoas concluíram que o garoto e o avô tinham tirado todas as divisórias e até removido o piso do andar superior, deixando apenas um amplo vazio aberto entre o andar térreo e o telhado em ponta. Eles demoliram também a grande chaminé central e supriram o espaço enferrujado com uma frágil chaminé externa de latão.

Na primavera seguinte a esse acontecimento, o Velho Whateley notou a quantidade cada vez maior de bacuraus que saíam da estreita ravina da Fonte Fria para à noite chilrar debaixo de sua janela. Ele parecia dar grande importância ao fato e disse aos frequentadores do Osborn que achava que seu tempo estava chegando.

– Agora eles assobiam bem no ritmo da minha respiração – ele disse –, e acho que estão se preparando para agarrar minha alma. Sabem que ela vai sair e não querem perder ela. Vocês vão saber, rapazes, depois de eu ir embora, se eles conseguiram ou não. Se conseguiram, vão ficar cantando e rindo até o dia amanhecer. Se não conseguiram, vão ficar quietos. Acho que eles e as almas que eles caçam às vezes brigam feio.

Na noite de Lammas, a festa da colheita, em 1924, o dr. Houghton de Aylesbury foi chamado às pressas por Wilbur Whateley, que tinha saído a toda, em meio à escuridão, no único cavalo que lhe restava para telefonar do armazém Osborn no vilarejo. Encontrou o Velho Whateley em estado muito grave, com taquicardia e respiração estertorosa que indicava um fim próximo. A filha albina disforme e o excêntrico neto barbado estavam ao lado da cama, enquanto da dependência insondável acima deles vinha uma inquietante reminiscência de marulho ritmado, como as ondas de uma praia de baixio. O que mais perturbava o médico, no entanto, eram os pássaros noturnos que tagarelavam lá fora. Uma multidão aparentemente infinita de bacuraus gritava sua mensagem interminável em repetições diabolicamente sincronizadas com os suspiros chiados do moribundo. Era inusitado e antinatural demais, segundo o dr. Houghton, como toda a região na qual ele entrara com tanta relutância atendendo ao chamado urgente.

Por volta da uma hora o Velho Whateley recobrou a consciência e interrompeu seus chiados para soltar algumas palavras estranguladas para o neto.

– Mais espaço, Wilbur, logo mais espaço. Você cresce, e aquilo cresce mais depressa. Logo vou estar pronto para ajudar você, garoto. Abra os portões para Yog-Sothoth com o longo canto que você vai achar na página 751 da edição completa, e então ponha fogo na prisão. O fogo da terra não tem como queimar aquilo.

Era evidente que ele estava completamente louco. Depois de uma pausa, durante a qual o bando de bacuraus lá fora ajustou seus gritos ao ritmo alterado enquanto de longe vinham alguns indícios dos estranhos ruídos da colina, ele acrescentou mais uma ou duas frases.

– Alimente ele regularmente, Willy, e preste atenção na quantidade; mas não deixe ele crescer muito depressa para o lugar, porque, se ele arrebentar ou sair antes de você abrir para Yog-Sothoth, acaba tudo e não adianta. Só os do mais além podem fazer ele se multiplicar e trabalhar... Só eles, os velhos que querem voltar...

Mas novamente as palavras deram lugar a suspiros, e Lavinia gritou por causa do modo como os bacuraus acompanharam a mudança. Foi o mesmo por mais de uma hora, quando finalmente chegou o estertor final. O dr. Houghton fechou as pálpebras enrugadas sobre os olhos cinzentos vidrados e o tumulto de pássaros foi aos poucos caindo em silêncio. Lavinia soluçava, mas Wilbur apenas ria enquanto os ruídos da colina soavam debilmente.

– Não pegaram ele – murmurou com sua voz pesada e baixa.

Wilbur era então um estudioso de erudição realmente imensa à sua maneira unilateral, e era conhecido por correspondência por muitos bibliotecários de lugares distantes em que eram mantidos livros raros e esquecidos de tempos antigos. Era cada vez mais odiado e temido nas redondezas de Dunwich por causa de certos desaparecimentos de jovens cuja suspeita levava distraidamente à sua porta; mas era sempre capaz de silenciar as investigações pelo medo ou pelo fundo de ouro antigo que, tal como no tempo do avô, continuava usando regularmente e cada vez mais para

comprar gado. Tinha agora a aparência extremamente madura, e sua altura, que atingira o limite normal para um adulto, parecia tender a ultrapassar essa taxa. Em 1925, quando um correspondente erudito da universidade de Miskatonic um dia foi visitá-lo e saiu pálido e confuso, ele tinha chegado à altura de seis pés e três quartos, ou seja, dois metros.

Ao longo dos anos Wilbur tratara sua mãe albina meio deformada com despeito cada vez maior, e acabou por proibi-la de ir com ele às colinas na véspera de primeiro de maio e do dia de Todos os Santos; e em 1926 a pobre criatura queixou-se para Mamie Bishop de que tinha medo dele.

– Sei mais coisas dele do que posso contar, Mamie – ela disse –, e hoje em dia tem muita coisa que não sei. Juro por Deus que não sei o que ele quer nem o que está tentando fazer.

Naquele dia de Todos os Santos os ruídos da colina soavam mais alto do que nunca, e uma fogueira se acendeu no alto da Sentinel Hill, como sempre; mas as pessoas deram mais atenção aos gritos de grandes bandos de bacurau, estranhamente tardios, que pareciam reunidos perto da casa dos Whateley, que estava às escuras. Depois da meia-noite seus grasnidos explodiram numa espécie de gargalhada pandemônica que tomou conta da região, e só ao amanhecer eles finalmente se aquietaram. Então desapareceram, precipitando-se para o sul, com um mês de atraso. Só mais tarde foi possível ter certeza do que isso significava. Ao que tudo indicava, ninguém dali tinha morrido – mas a pobre Lavinia Whateley, a albina retorcida, nunca mais foi vista.

No verão de 1927 Wilbur reformou dois galpões no curral e começou a levar para lá seus livros e suas coisas. Logo depois Earl Sawyer contou aos frequentadores do Osborn que estavam sendo feitos mais serviços de carpintaria na casa dos Whately. Wilbur estava vedando todas as portas e janelas do térreo e tudo indicava que estava tirando divisórias, como ele e o avô tinham feito no andar de cima quatro anos antes. Ele estava morando em um dos galpões, e Sawyer tinha a impressão de que Wilbur parecia excepcionalmente preocupado e trêmulo. Em geral as pessoas suspeitavam que ele sabia alguma coisa a respeito do desaparecimento da mãe, e agora eram muito poucas as que chegavam a se aproximar das suas terras. Wilbur estava com mais de sete pés.

V

O inverno seguinte trouxe um acontecimento estranho, nada mais nada menos do que a primeira viagem de Wilbur para fora da região de Dunwich. Sua correspondência com a Widener Library de Harvard, a Bibliothèque Nationale de Paris, com o British Museum, a Universidad de Buenos Aires e a Biblioteca da Miskatonic University em Arkham não conseguira obter para ele o empréstimo de um livro que ele desejava desesperadamente; no fim, ele foi em pessoa, maltrapilho, sujo, barbado e com seu dialeto rude, consultar o exemplar em Miskatonic, para ele o lugar mais próximo geograficamente. Com seus quase oito pés de altura, e carregando uma mala nova ordinária comprada no armazém do Osborn, a gárgula escura e caprina apareceu certo dia em Arkham em busca do livro medonho mantido a sete chaves na biblioteca da universidade – o horrendo *Necronomicon*, do árabe louco Abdul Alhazred, em versão latina de Olaus Wormius, impresso na Espanha no século 17. Ele nunca tinha visto uma cidade grande, mas só pensava em chegar à universidade, onde de fato passou indiferente pelo enorme cão de guarda de presas brancas que latia com fúria e hostilidade incomuns, puxando freneticamente sua corrente reforçada.

Wilbur levava consigo o exemplar precioso mas imperfeito da versão do dr. Dee, que seu avô lhe deixara em herança, e ao ter acesso ao exemplar latino de repente começou a cotejar os dois textos com o objetivo de descobrir determinada passagem que deveria estar na página 751 do seu volume incompleto. Isso ele não podia deixar de dizer cortesmente ao bibliotecário – o mesmo erudito Henry Armitage (A. M. por Miskatonic, Ph.D. por Princeton, Litt.D. por Johns Hopkins) que certa vez fora à fazenda e que agora educadamente o crivava de perguntas. Teve de admitir que procurava por uma espécie de fórmula ou encantamento que contivesse o temível nome Yog-Sothoth, e estava intrigado por encontrar discrepâncias, repetições e ambiguidades que tornavam difícil uma determinação precisa. Quando ele copiava a fórmula que finalmente escolhera, o dr. Armitage sem querer olhou por cima de seu ombro as páginas abertas; a da esquerda, na versão latina, continha ameaças monstruosas à paz e à sanidade do mundo.

Também não se deve pensar (dizia o texto que Armitage traduzia mentalmente) que o homem é o mais antigo ou o último dos senhores do mundo, ou que o amálgama comum de vida e substância caminha sozinho. Os Antigos eram, os Antigos são, os Antigos serão. Não nos espaços que conhecemos, mas entre eles, eles caminham serenos, primordiais, adimensionais e invisíveis para nós. Yog-Sothoth conhece o portão. Yog-Sothoth é o portão. Yog-Sothoth é a chave e o guardião do portão. Passado, presente, futuro, tudo é um em Yog-Sothoth. Ele sabe por onde os Antigos irromperam outrora e por onde Eles voltarão a irromper. Sabe por onde Eles haviam trilhado os campos da terra, e por onde ainda os trilham, e por que ninguém pode vê-los enquanto caminham. Por Seu cheiro os homens às vezes conseguem saber que Eles estão por perto, mas Seu semblante homem nenhum pode conhecer, a não ser pelas feições dos que Eles geraram para a humanidade; e deles há muitas espécies, distinguindo-se em aparência da verdadeira imagem do homem até a forma sem fisionomia nem substância que é Eles. Andam invisíveis e fétidos em lugares solitários em que as Palavras foram ditas e os Ritos gemidos em suas Estações. O vento tagarela com Suas vozes e a terra murmura com Sua consciência. Eles submetem a floresta e oprimem a cidade, embora floresta ou cidade possam não ver a mão que maltrata. Kadath no frio ermo Os conheceu, e que homem conhece Kadath? O deserto de gelo do Sul e as ilhas submersas do Oceano ostentam pedras em que Seu selo está gravado, mas quem viu a profunda cidade congelada ou a torre selada afestoada com algas marinhas e cracas? O grande Cthulhu é Seu primo, no entanto só pode vislumbrá-los vagamente. Iä! Shub-Niggurath! Como fedor vocês Os conhecerão. Sua mão está na garganta de vocês, embora vocês não Os vejam; e o limiar de Sua morada é guardado por vocês. Yog-Sothoth é a chave do portão, onde se encontram as esferas. O Homem governa agora onde outrora Eles governavam; logo Eles governarão onde agora o homem governa. Depois do verão é o inverno, depois do inverno é o verão. Eles esperam pacientes e potentes, pois aqui Eles voltarão a reinar.

O dr. Armitage, associando o que estava lendo ao que ouvira sobre Dunwich e suas presenças intrigantes e sobre Wilbur Whateley e sua aura sombria e medonha que se estendia de um nascimento dúbio a uma nuvem de provável matricídio, sentiu uma onda de pavor tão tangível quanto uma lufada da umidade viscosa de uma tumba. O gigante caprino inclinado diante dele parecia cria de outro planeta ou outra dimensão; como algo apenas em parte pertencente à humanidade, e ligado a obscuros abismos de essência e ser que se estendem como fantasmas titânicos para além de todas as esferas de força e matéria, espaço e tempo. Naquele momento Wilbur levantou a cabeça e começou a falar daquela maneira estranha e ressonante que sugeria órgãos produtores de som diferentes daqueles dos homens comuns.

– Sr. Armitage – ele disse –, calculo que preciso levar esse livro para casa. Nele tem coisas que eu preciso experimentar em certas condições que não posso ter aqui, e seria pecado mortal uma regra burocrática me impedir. Deixe eu levar ele, senhor, e juro que depois ninguém vai notar a diferença. Não preciso dizer que vou cuidar bem dele. Não fui eu que deixei esse exemplar do jeito que está...

Ele parou quando viu a expressão de firme negação no rosto do bibliotecário, e sua fisionomia caprina se encheu de astúcia. Armitage, preparando-se para lhe dizer que tirasse uma cópia das partes de que precisava, subitamente pensou nas possíveis consequências e mudou de ideia. Era muita responsabilidade oferecer a um ser como aquele a chave para esferas exteriores tão ímpias. Whateley percebeu o rumo que as coisas tomavam e tentou responder com leveza.

– Certo, tudo bem, se é assim que tem que ser. Talvez em Harvard não seja tão complicado como aqui – e, sem dizer mais nada, ele se levantou e saiu do prédio, abaixando-se ao passar por cada porta.

Armitage ouviu o latido selvagem do grande cão de guarda e observou o andar de gorila de Whateley quando ele cruzou o trecho do campus que se enxergava pela janela. Pensou nas histórias terríveis que ouvira e relembrou dos antigos casos dominicais do *Advertiser*, disso e dos relatos que ouvira dos camponeses e aldeões de Dunwich em sua única visita ao lugar. Coisas invisíveis que não eram da terra – ou pelo menos não da terra tridimensional – percorriam, fétidas e horríveis, os vales da Nova Inglaterra e assediavam obscenamente os topos das montanhas. Disso há muito tempo ele tinha certeza. Agora parecia sentir a presença próxima de uma parte terrível do horror invasor e vislumbrar um avanço infernal no domínio obscuro do antigo e outrora passivo pesadelo. Fechou à chave o *Necronomicon* com um frêmito de repugnância, mas o recinto ainda recendia um indefinível mau cheiro pecaminoso. – Por seu fedor vocês o reconhecerão – ele citou. Sim, o cheiro era o mesmo que o nauseara na casa dos Whateley havia menos de três anos. Pensou em Wilbur, caprino e ominoso, e riu zombeteiro dos rumores do vilarejo a respeito de seu parentesco.

– Procriação consanguínea? – Armitage murmurou para si mesmo. – Deus meu, que simplórios! Façam-nos ler *O grande deus Pã*, de Artur Machen, e eles imaginarão que se trata de um escândalo comum de Dunwich! Mas o quê, que influência maldita e informe de dentro ou de fora desta terra tridimensional, era o pai de

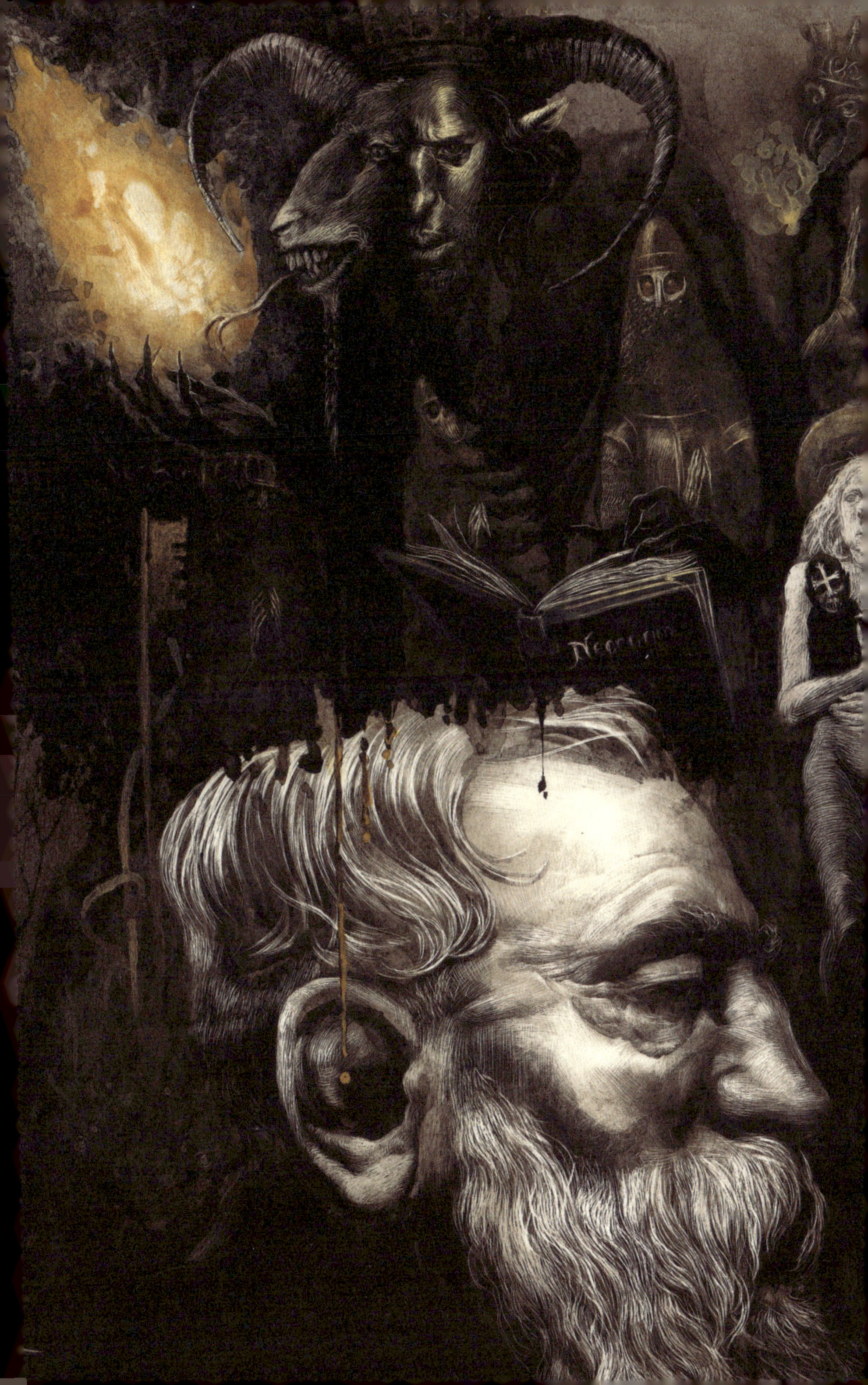

Wilbur Whateley? Nascido na Candelária, nove meses depois da véspera de primeiro de maio de 1912, quando os rumores sobre os estranhos ruídos da terra chegavam até Arkham, o que andava pelas montanhas naquela noite de maio? Que horror de Santa Cruz terá se abatido sobre o mundo em carne e sangue meio humanos?

Durante as semanas seguintes o dr. Armitage pôs-se a coletar todos os dados possíveis sobre Wilbur Whateley e as presenças informes em torno de Dunwich. Comunicou-se com o dr. Houghton de Aylesbury, que havia atendido o Velho Whateley em sua derradeira doença e refletiu muito sobre as últimas palavras do avô que lhe foram citadas pelo médico. Uma visita ao vilarejo de Dunwich não revelou nada de novo; mas um exame minucioso do *Necronomicon*, das partes que Wilbur buscara tão avidamente, pareceu fornecer indícios novos e terríveis sobre a natureza, o método e os desejos do estranho mal que tão vagamente ameaçava este planeta. Conversas com vários especialistas de Boston em estudos arcaicos e cartas a muitos outros de vários outros lugares provocaram nele um espanto cada vez maior que aos poucos passou por vários graus de alarme até chegar a um estado de pavor espiritual extremo. À medida que o verão se aproximava ele passou a sentir vagamente que algo tinha que ser feito com relação aos terrores que espreitavam o vale do Miskatonic superior e ao misterioso ser que o mundo humano conhecia por Wilbur Whateley.

VI

O horror de Dunwich ocorreu entre a festa da colheita e o equinócio em 1928, e o dr. Armitage estava entre os que testemunharam seu prólogo monstruoso. Naquele ínterim ele ouvira sobre a grotesca viagem de Whateley até Cambridge e seus loucos esforços para emprestar ou copiar trechos do *Necronomicon* na biblioteca Widener. Tais esforços tinham sido inúteis, visto que Armitage havia emitido alertas veementes a todos os bibliotecários que dispusessem do volume aterrador. Wilbur se pusera tremendamente nervoso em Cambridge; ansioso para ter o livro embora quase igualmente ansioso para voltar para casa, pois temia o resultado de ficar muito tempo fora.

No início de agosto produziu-se o desfecho quase que esperado, e na madrugada do dia 3 o dr. Armitage foi subitamente despertado pelos urros raivosos e ferozes do cão de guarda selvagem do campus da faculdade. Graves e terríveis, os rosnados e latidos ásperos e enlouquecidos continuavam, em volume crescente, mas com pausas medonhas e significativas. Então soou um grito de uma garganta completamente diferente – um grito que acordou metade dos habitantes de Arkham e assombrou seus sonhos para sempre – um grito que não poderia vir de nenhum ser nascido na terra, ou pelo menos não inteiramente.

Armitage, enfiando-se numa roupa e atravessando às pressas a rua e o gramado até o prédio da faculdade, viu que outros já estavam na sua frente; e ele ouviu os ecos de um alarme contra ladrões ainda soando na biblioteca. Uma janela aberta mostrava um vazio escuro à luz da lua. O que tinha vindo decerto conseguira entrar; pois os latidos e gritos, agora se extinguindo num misto de ganido baixinho e gemido, sem dúvida nenhuma vinha lá de dentro. Uma espécie de instinto advertiu Armitage de que o que estava acontecendo não era algo que olhos fracos pudessem ver, então ele afastou a multidão energicamente e destrancou a porta do vestíbulo. Entre outros viu o professor Warren Rice e o dr. Francis Morgan, aos quais falara de algumas de suas conjecturas e apreensões; e fez um gesto para que os dois entrassem com ele. Os ruídos que vinham de dentro, salvo um ganido sussurrado e cauteloso do cão, haviam quase se extinguido; mas Armitage percebeu, com um súbito sobressalto, que um alto coro de bacuraus entre os arbustos começara a piar numa cadência execrável, como que em uníssono com os últimos suspiros de um moribundo.

O prédio foi tomado por um mau cheiro assustador que o dr. Armitage conhecia muito bem, e os três homens correram através do *hall* até a pequena sala de leitura de genealogia de onde vinha o ganido baixinho. Por um segundo ninguém ousou acender a luz, até que Armitage reuniu coragem a acionou o interruptor. Um dos três – não se sabe ao certo qual deles – deu um grito estridente diante do que se esparramou diante deles, entre mesas em desordem e cadeiras de pernas para o ar. O professor Rice diz que por um instante perdeu completamente a consciência, embora não tivesse cambaleado nem caído.

Aquela coisa deitada de lado, meio dobrada, numa poça fétida de linfa amarelo-esverdeada viscosa como piche tinha quase nove pés de altura, e o cão lhe havia arrancado toda a roupa e uma parte da pele. Ainda não estava completamente morta, mas se contorcia espasmodicamente e em silêncio, enquanto seu peito arfava em monstruoso uníssono com os loucos piados dos bacuraus que aguardavam lá fora. Pedaços de couro de sapato e de pano rasgado espalhavam-se pelo recinto, e bem debaixo da janela um saco de lona vazio jazia no lugar em que, evidentemente, fora jogado.

Perto da mesa central havia um revólver caído. Um cartucho denteado mas descarregado explicou, mais tarde, por que não fora disparado. A própria coisa, no entanto, sobrepujou todas as outras imagens na época. Seria chavão e não totalmente exato dizer que nenhuma pena humana seria capaz de descrevê-la, mas é possível dizer sem erro que aquilo não poderia ser visualizado com precisão por alguém cujas ideias sobre aspecto e contorno estivessem por demais ligadas às formas de vida comuns deste planeta e das três dimensões conhecidas. Era parcialmente humano, sem dúvida nenhuma, com mãos e cabeça de homem, e o rosto caprino, sem queixo, tinha a marca dos Whateley. Mas o torso e as partes baixas eram teratologicamente fabulosos, de modo que apenas roupas muito folgadas poderiam ter permitido que aquele ser andasse por este mundo sem ser interpelado ou erradicado.

Acima da cintura era semiantropomórfico; mas seu peito, sobre o qual as patas dilaceradoras do cão ainda descansavam vigilantes, tinha o couro grosso e reticulado do crocodilo. As costas eram malhadas de amarelo e preto, sugerindo vagamente a pele escamosa de algumas serpentes. Abaixo da cintura, no entanto, estava o pior, pois qualquer semelhança humana se dissipava e começava a pura fantasia. A pele era densamente coberta de pelos escuros e grossos, e do abdômen brotavam longos tentáculos cinza-esverdeados cheios de ventosas vermelhas.

Eram dispostas de maneira curiosa, parecendo seguir a simetria de alguma geometria cósmica desconhecida na Terra ou no sistema solar. Em cada anca, numa espécie de órbita rosada cheia de cílios, incrustava-se profundamente o que parecia ser um olho rudimentar; no lugar da cauda pendia uma espécie de tromba ou antena com marcas anelares roxas e com vários indícios de se tratar de uma boca ou garganta não desenvolvida. Os membros, a não ser por sua pelagem escura, pareciam as pernas traseiras dos

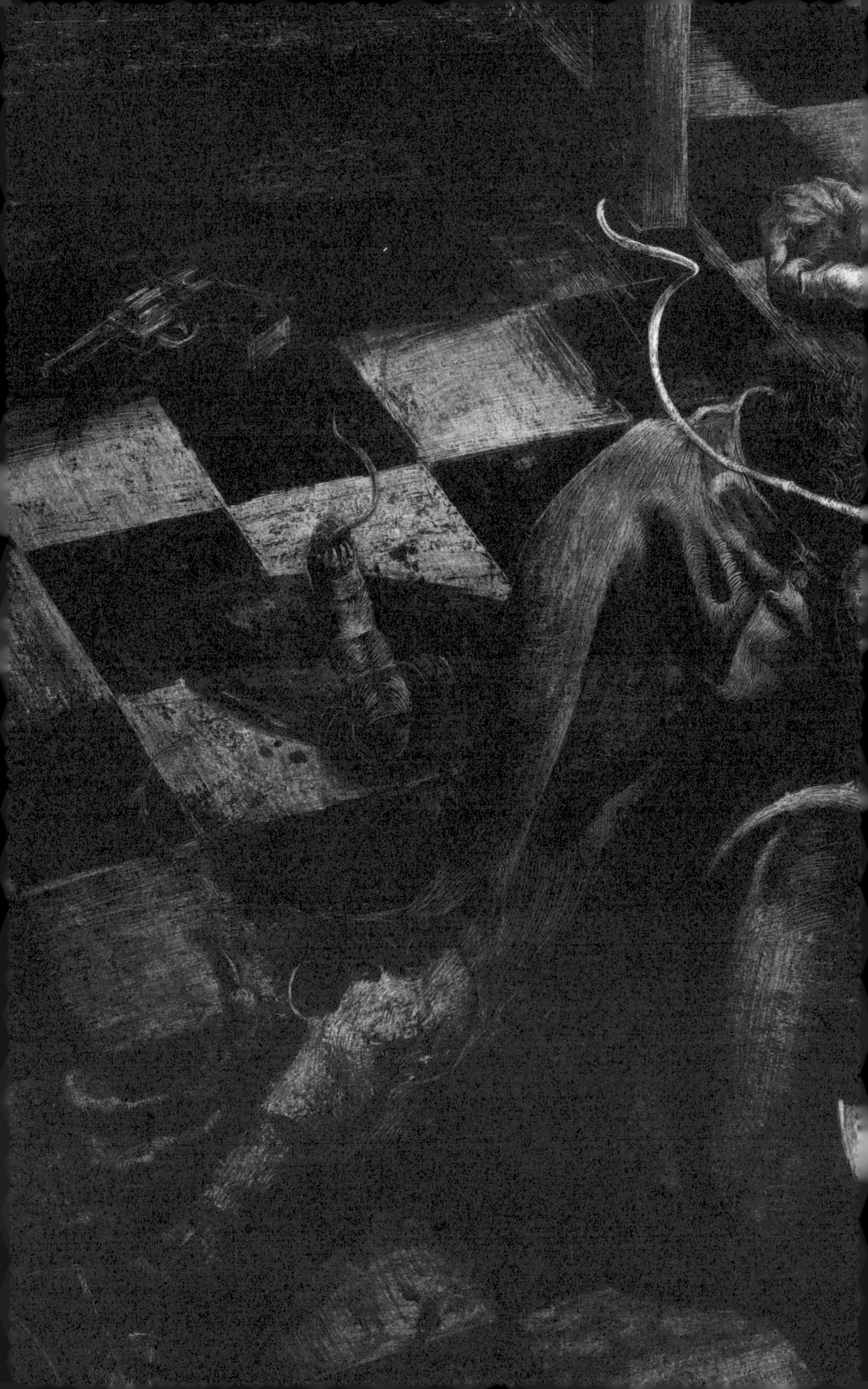

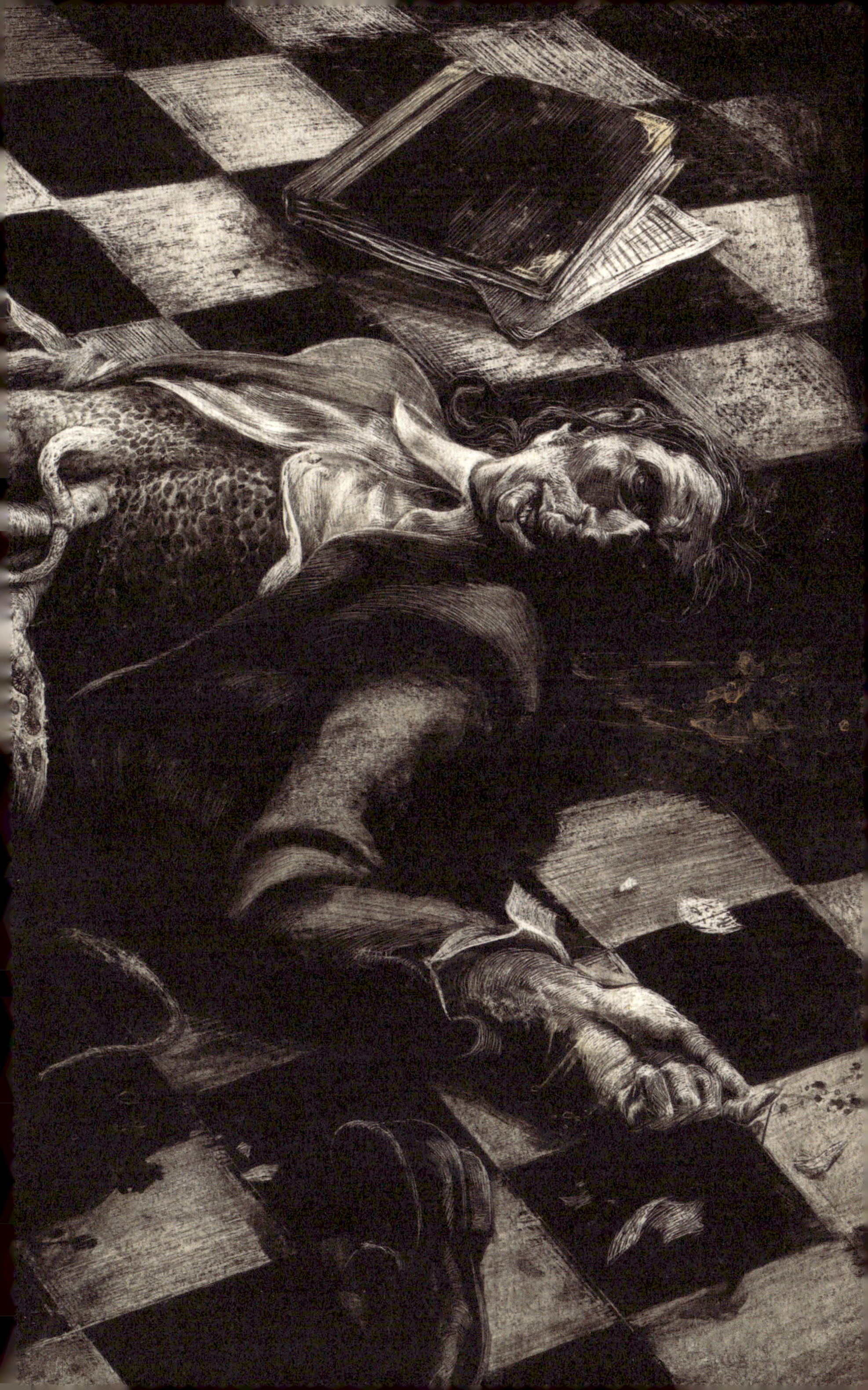

gigantes sáurios da terra pré-histórica e terminavam em extremidades caneladas por veias, que não eram cascos nem garras. Quando respirava, sua cauda e seus tentáculos mudavam de cor ritmadamente, como que por alguma causa circulatória normal nos seus ancestrais não humanos. Nos tentáculos notava-se um escurecimento da cor esverdeada, ao passo que na cauda uma aparência amarelada alternava-se com um branco-acinzentado repugnante nos espaços entre os anéis roxos. Sangue genuíno não havia nenhum; só a fétida linfa amarelo-esverdeada que escorria pelo chão pintado para além do alcance da viscosidade e ao passar ia deixando uma curiosa descoloração.

A presença dos três homens pareceu estimular a coisa moribunda, que começou a resmungar, sem se virar nem levantar a cabeça. O dr. Armitage não fez nenhum registro escrito de seus murmúrios, mas afirma com certeza que nada foi dito em inglês. No início as sílabas não correspondiam a nenhuma linguagem da Terra, porém mais para o final surgiram alguns fragmentos evidentemente extraídos do *Necronomicon*, a monstruosa blasfêmia em cuja busca a coisa perecera. Esses fragmentos, tal como os recorda Armitage, eram algo como: *"N'gai, n'gha'ghaa, bugg-shoggog, y'hah: Yog-Sothoth, Yog-Sothoth..."* Eles foram se extinguindo em nada enquanto os bacurais gritavam num crescendo rítmico de ímpia antecipação.

Então cessou a respiração e o cão ergueu a cabeça num uivo longo e lúgubre. Uma mudança ocorreu no rosto amarelo e caprino da coisa prostrada e os grandes olhos pretos se afundaram pavorosamente. Lá fora o chilro dos bacurais cessara de repente, e sobrepondo-se aos murmúrios da multidão que se formava soou o ruído de bater de asas e de chiados tomados pelo pânico. Contra a lua, imensas nuvens de criaturas aladas se levantaram e sumiram de vista, assombradas diante do que haviam buscado como presa.

De repente o cão se levantou, deu um latido assustador e saltou nervoso para fora, pela janela pela qual havia entrado. Um grito se levantou da multidão e o dr. Armitage avisou aos homens que estavam lá fora que não deixassem ninguém entrar enquanto a polícia ou o legista não chegassem. Agradecia o fato de as janelas serem altas e impedirem que se olhasse para dentro e cuidadosamente desceu as cortinas escuras sobre todos. Nesse ínterim haviam chegado dois policiais; e o dr. Morgan, encontrando-os no vestíbulo, insistia em que, para seu próprio bem, não entrassem na fétida sala de leitura antes que o legista chegasse e que a coisa prostrada pudesse ser coberta.

Enquanto isso, mudanças assustadoras aconteciam no chão. Não há necessidade de descrever o *grau* e a *velocidade* do encolhimento e da desintegração que ocorriam diante dos olhos do dr. Armitage e do professor Rice; mas pode-se dizer que, além da aparência externa do rosto e das mãos, o elemento realmente humano em Wilbur Whateley certamente era muito reduzido. Quando o médico legista chegou, só havia uma massa esbranquiçada e pegajosa sobre o assoalho pintado, e o odor monstruoso quase desaparecera. Aparentemente Whateley não tinha crânio nem esqueleto ósseo; pelo menos num sentido verdadeiro ou estável. Em alguma coisa saíra ao pai desconhecido.

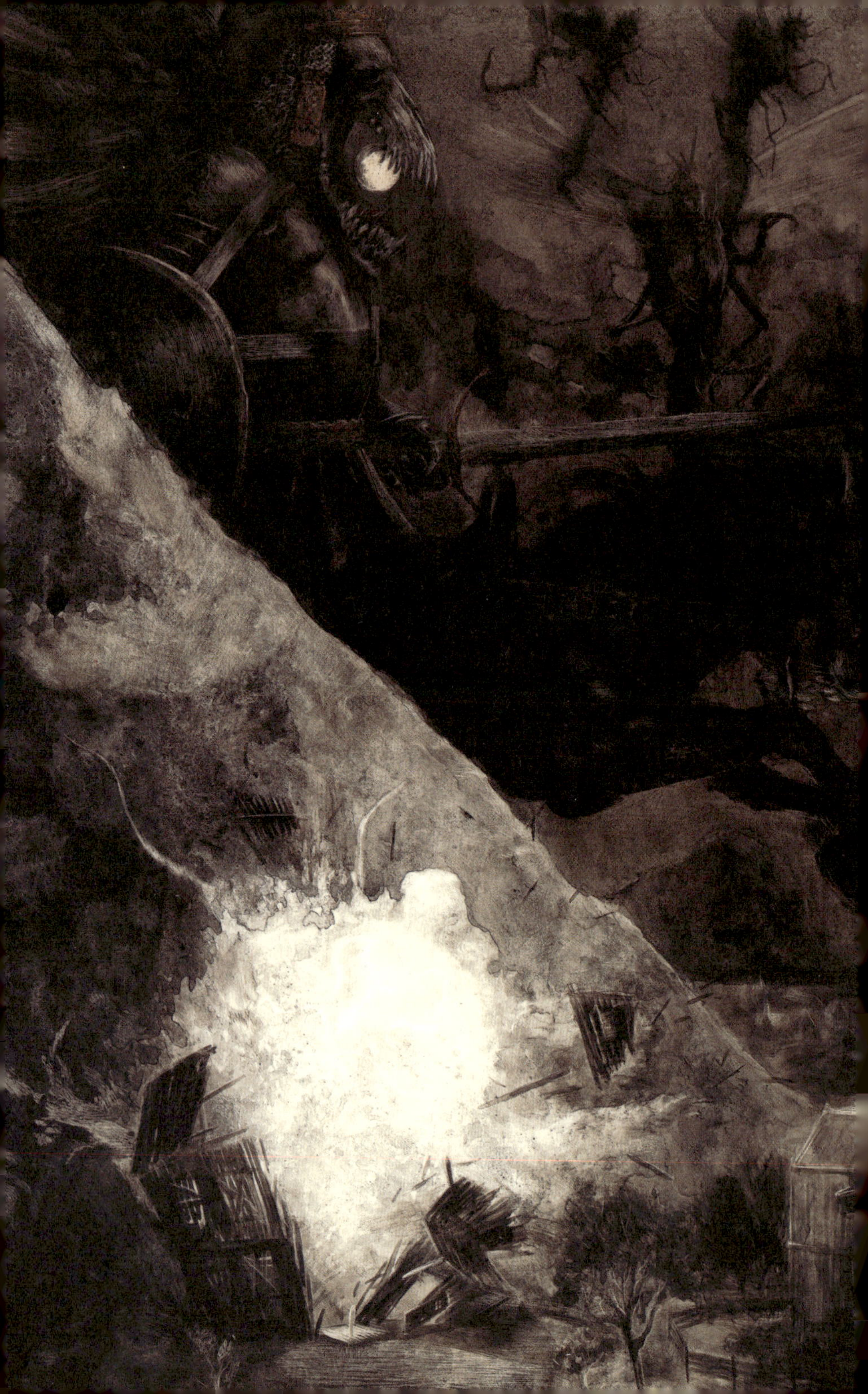

VII

Mas tudo isso era apenas o prólogo do verdadeiro horror de Dunwich. As formalidades foram cumpridas por funcionários desnorteados, detalhes anormais não foram revelados à imprensa e ao público, e foram enviados homens a Dunwich e Aylesbury para fazer um levantamento das propriedades e notificar quem pudesse ser herdeiro do falecido Wilbur Whateley. Encontraram a região em grande agitação, por causa dos ruídos crescentes sob a colinas arredondadas e também por causa do fedor inusitado e dos sons de ondas e marulho cada vez mais intensos que vinham da grande carapaça vazia formada pela casa vedada dos Whateley. Earl Sawyer, que cuidara do cavalo e do gado durante a ausência de Wilbur, fora afetado por uma crise nervosa aguda. Os funcionários arranjaram desculpas para não entrar no terrível lugar vedado; e se contentaram em limitar a uma simples visita a inspeção das dependências em que o falecido morava, os galpões recém-reformados. Arquivaram um relatório extenso à prefeitura de Aylesbury e dizem que os litígios concernentes à herança ainda estão em processo entre os inúmeros Whateley, decadentes e não decadentes, do vale do Miskatonic superior.

Um manuscrito quase interminável em caracteres estranhos, escrito num imenso livro de registros e tomado por um diário por causa do espaçamento e das variações de tinta e caligrafia, apresentou um enigma intrincado para os que o encontraram na velha escrivaninha que servia como mesa de trabalho para seu proprietário. Depois de uma semana de discussões, ele foi enviado para a Universidade de Miskatonic, junto com a coleção de livros estranhos do falecido, para ser estudado e possivelmente traduzido; no entanto, até os melhores linguistas logo perceberam que provavelmente não seria fácil decifrá-lo. Ainda não havia sido encontrado nenhum vestígio do ouro antigo com que Wilbur e o Velho Whateley sempre pagaram suas dívidas.

Foi na escuridão de nove de setembro que o horror se desencadeou. Os ruídos da colina tornaram-se mais intensos ao anoitecer e os cães latiram freneticamente durante a noite toda. No dia dez, madrugadores notaram que um mau cheiro peculiar pairava no ar. Por volta das sete horas Luther Brown, capataz da propriedade de George Corey, que ficava entre a ravina da Fonte Fria e o vilarejo, voltou correndo desvairado de sua saída matutina com as vacas ao Pasto dos Dez Acres. Entrou na cozinha tropeçando, apavorado; e lá fora, no pátio, o rebanho, não menos assustado, pateava e mugia de dar pena, depois de acompanhar o rapaz no estado de pânico que compartilhava com ele. Ofegante, Luther tentou, gaguejando, contar sua história à sra. Corey.

– Lá em cima, na estrada depois da ravina, sra. Corey. Alguma coisa aconteceu lá! Tem cheiro de trovão e todos os arbustos e arvorezinhas recuaram da estrada como se uma casa tivesse passado por ela. E o pior não é isso. Tem pegadas na estrada, sra. Corey, pegadas grandes e redondas, do tamanho de tampa de barril, afundadas como se um elefante tivesse passado, só que é mais do que quatro pés podem fazer! Olhei uma ou duas depois saí correndo, e vi que cada uma estava coberta de linhas que saíam de um lugar, como se fossem folhas grandes de palmeira em forma de leque, duas ou três vezes maiores do que as folhas, bem afundadas na estrada. E o cheiro era muito ruim, como o cheiro em volta da casa velha do bruxo Whateley.

Então ele vacilou e pareceu estremecer de novo, sentindo o mesmo medo que o fizera voltar voando para casa. A sra. Corey, sem conseguir mais informações, começou a telefonar para os vizinhos, começando assim a onda de pânico que anunciava terrores maiores. Quando ela conseguiu falar com Sally Sawyer, caseira da propriedade de Seth Bishop, a mais próxima dos Whateley, foi sua vez de ouvir em vez de transmitir; pois o filho de Sally, Chauncey, que dormia mal, subira a colina para os lados dos Whateley e voltara como uma flecha, aterrorizado depois de ver o lugar e o pasto no qual as vacas do sr. Bishop tinham sido deixadas à noite.

– Sim, sra. Corey – disse a voz trêmula de Sally do outro lado do fio. – O Chauncey acabou de voltar, quase sem fala de tanto medo! Ele disse que a casa do velho Whateley está arrebentada, com pedaços de madeira espalhados como se lá dentro tivesse explodido dinamite; só ficou o piso coberto por um visgo que parece piche, tem um cheiro horrível e pinga pelas beiradas até o chão onde as madeiras do lado voaram pelos ares. E tem uma espécie de pegadas redondas horríveis lá fora, maiores que um barril, cheias daquele visgo igual ao da casa arrebentada. O Chauncey disse que elas vão até o pasto, onde tem um pedaço todo esmagado, grande que nem um celeiro, e todos os muros de pedra desmoronaram por todo lugar aonde vão as pegadas.

– E ele disse, sra. Corey, ele disse que quando foi buscar as vacas para o Seth, assustado daquele jeito, achou elas no pasto de cima perto do Quintal do salto do Diabo num estado horroroso. Metade das vacas tinha sumido e da metade que ficou o sangue tinha sido todo sugado, estavam secas, cheias de feridas como aquelas do gado dos Whateley quando o moleque escuro da Lavinia nasceu. Seth saiu agora para ver elas, mas eu aposto que ele não vai chegar muito perto da casa do bruxo Whateley! Chauncey não reparou muito bem até onde iam as pegadas depois do pasto, mas ele acha que iam até a estrada que vai da ravina até o vilarejo.

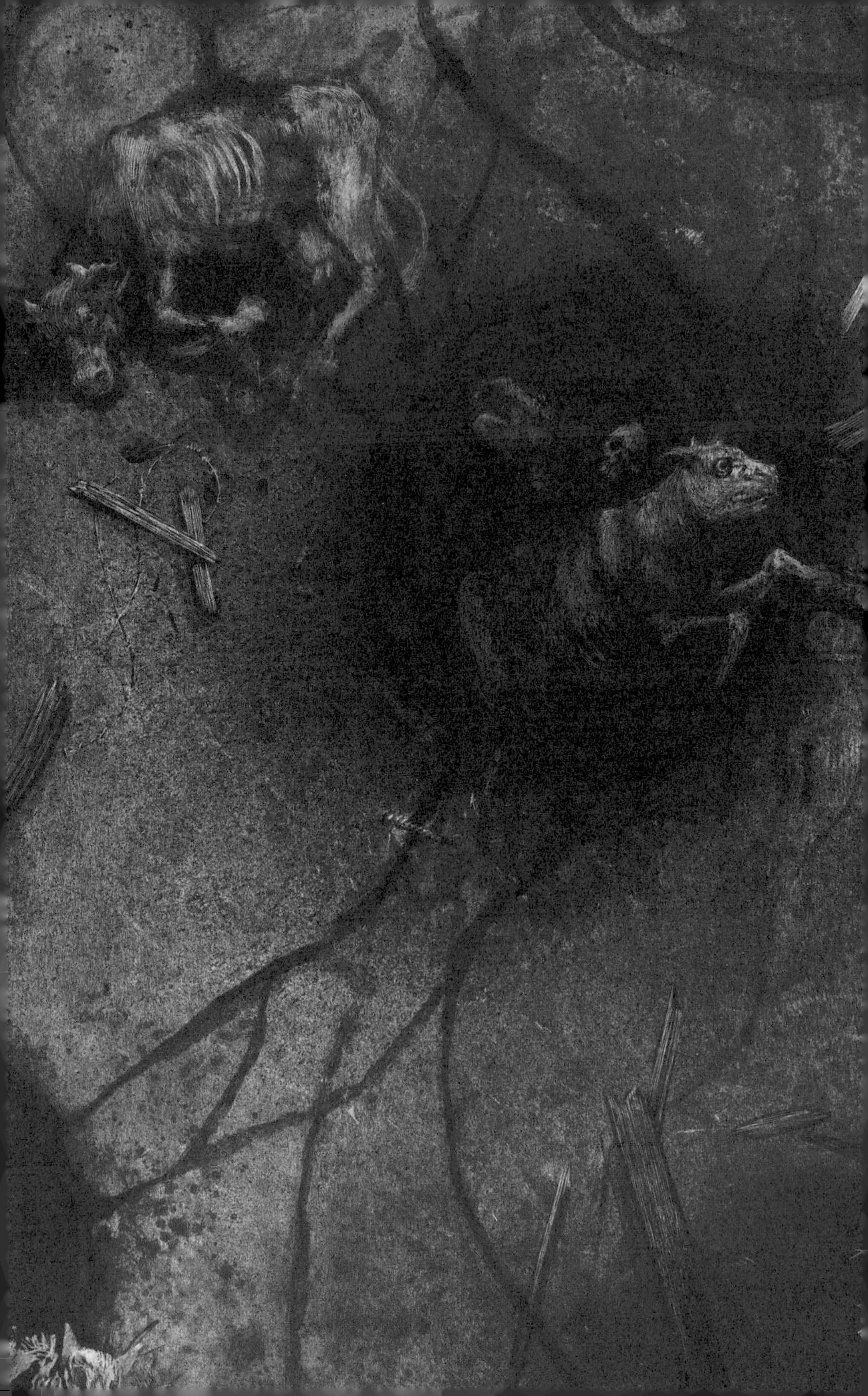

– Vou dizer uma coisa, sra. Corey, está andando por aí uma coisa que não devia estar por aí e eu garanto que aquele Wilbur preto que teve o fim ruim que merecia está no fundo de tudo isso. Ele não era totalmente humano, sempre digo para todo o mundo; e acho que ele e o velho Whateley devem ter criado alguma coisa naquela casa cheia de tábuas pregadas que também não era muito humana, como ele. Sempre teve coisas invisíveis em volta de Dunwich – coisas vivas – que não são humanas nem boas para os seres humanos.

– O chão falou na noite passada e de madrugada Chauncey ouviu os bacuraus gritarem tão alto na ravina da Fonte Fria que ele não conseguiu mais dormir. Então ele pareceu ouvir outro barulho fraquinho para os lados do bruxo Whateley, parecia alguém serrando ou quebrando madeira, como se lá longe estivessem abrindo um caixote grande ou um engradado. Com isso e aquilo, ele não conseguiu dormir até amanhecer, e assim que o sol apareceu ele se levantou mas foi logo até os Whateley para ver o que estava acontecendo. E viu bastante, como eu disse, sra. Corey! Não quer dizer nada de bom e acho que os homens deviam se reunir e fazer alguma coisa. Sei que alguma coisa horrível está para acontecer e sinto que minha hora está chegando, mas só Deus sabe o que é.

– O sr. Luther contou para onde iam as grande pegadas? Não? Bem, sra. Corey, se estavam na estrada da ravina deste lado da ravina, e ainda não chegaram na sua casa, calculo que devem ir para a ravina mesmo. Acho que deve ser isso. Sempre digo que a ravina da Fonte Fria não é lugar saudável nem decente. Lá os bacuraus e vaga-lumes nunca agem como criaturas de Deus, e dizem que dá para ouvir coisas estranhas se deslocando e falando no ar, num certo lugar entre a cachoeira e a Caverna do Urso.

Por volta do meio-dia, três quartos dos homens e rapazes de Dunwich estavam percorrendo as ruas e campos entre as ruínas reformadas dos Whateley e a ravina da Fonte Fria, examinando horrorizados as pegadas grandes e monstruosas, o gado mutilado de Bishop, os escombros fedorentos da casa e a vegetação pisoteada e esmagada dos campos e da beira da estrada. Fosse o que fosse que se tivesse abatido sobre o mundo, com certeza havia descido para a ravina grande e sinistra; todas as árvores nas ribanceiras estavam retorcidas e quebradas, e uma grande trilha se abrira pelo mato pendente do precipício. Era como se uma casa, arrastada por uma avalanche, tivesse deslizado através da vegetação do declive quase vertical. Lá debaixo não vinha nenhum ruído, apenas um mau cheiro distante e indefinido; e não é de surpreender que os homens preferissem ficar ali na beirada, discutindo, a descer e enfrentar o desconhecido horror ciclópico em seu covil. No início, três cães que estavam com o grupo latiam furiosamente, mas pareciam acuados e relutantes ali perto da ravina. Alguém comunicou os fatos por telefone ao *Aylesbury Transcript*; mas o editor, habituado às histórias malucas de Dunwich, não fez mais do que redigir um parágrafo zombeteiro a respeito, logo depois reproduzido pela Associated Press.

    Aquela noite todos foram para casa, e em todas as casas e currais foram levantadas barricadas da maneira mais firme possível. Não é preciso dizer que nenhum gado ficou no pasto aberto. Por volta das duas da manhã um fedor assustador e o latido selvagem dos cães acordou a família de Elmer Frye, na parte leste da ravina da Fonte Fria, e todos confirmaram estar ouvindo uma espécie de zumbido ou marulho abafado que vinha lá de fora. A sra. Frye propôs telefonar para os vizinhos, e Elmer estava prestes a concordar quando um ruído de madeira estalando interrompeu suas deliberações. Aparentemente o barulho vinha do curral; e logo foi seguido por berros e pateadas do gado. Os cães babavam e rastejavam aos pés da família paralisada de pavor. Frye acendeu uma lanterna por força do hábito, mas sabia que sair para aquele

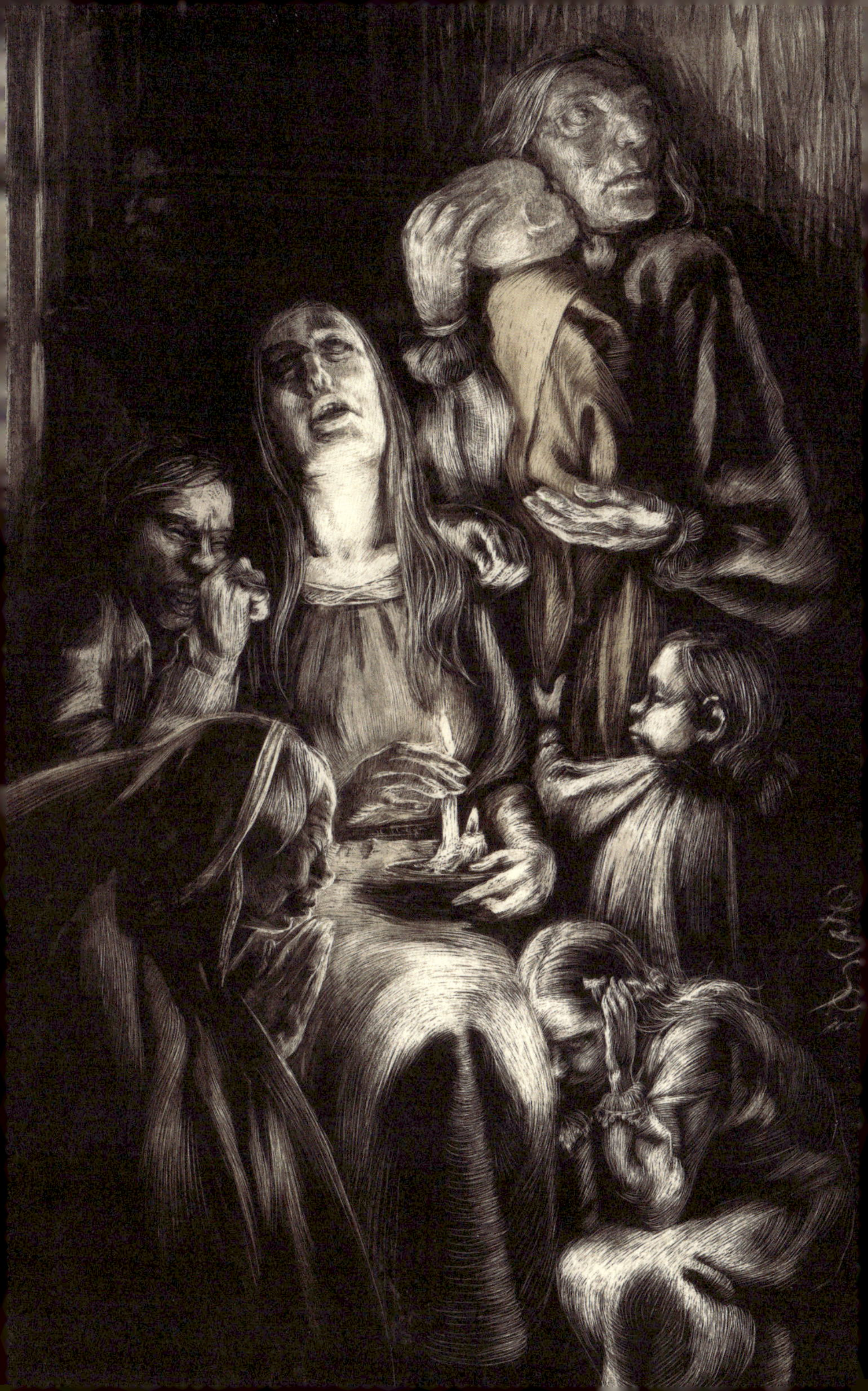

quintal escuro seria a morte. As crianças e as mulheres choramingavam, abstendo-se de gritar por algum obscuro instinto de defesa que lhes dizia que sua vida dependia de seu silêncio. Finalmente o barulho do gado reduziu-se a um gemido lamentoso, seguido por um grande estrépito de estalos e estrondos. Os Frye, agarrados uns aos outros na sala de estar, não ousaram se mexer até que os últimos ecos se extinguiram ao longe, na ravina da Fonte Fria. Então, em meio aos gemidos queixosos do estábulo e aos pios demoníacos dos bacuraus tardios no fundo da ravina, Selina Frye foi cambaleando até o telefone e divulgou como pôde as notícias sobre a segunda fase do horror.

    No dia seguinte toda a região estava em pânico; e grupos acovardados, calados, iam até o lugar em que ocorrera o fato diabólico. Duas trilhas de destruição estendiam-se da ravina até as terras dos Frye, pegadas monstruosas cobriam os retalhos de chão nus, e um lado do velho celeiro vermelho estava completamente tombado para dentro. Apenas um quarto das cabeças de gado pôde ser encontrado e identificado. Alguns dos animais estavam despedaçados de maneira estranha, e todos os que sobreviveram teriam de ser sacrificados. Earl Sawyer sugeriu que se pedisse ajuda a Aylesbury ou Arkham, mas outros alegaram que seria inútil. O velho Zebulon Whateley, de um ramo que se encontrava mais ou menos a meio caminho entre a integridade e a decadência, fez insinuações obscuramente desvairadas sobre ritos que deviam ser praticados no alto das colinas. Ele vinha de uma linhagem em que a tradição vigorava e suas lembranças de cantos nos grandes círculos de pedra não tinham muita ligação com Wilbur e o avô.

    A escuridão caiu sobre uma região abalada, passiva demais para se organizar para uma defesa de verdade. Em alguns casos, famílias mais ligadas se reuniram para montar guarda sob o mesmo teto; mas de modo geral só se repetiram as barricadas da noite anterior e um gesto supérfluo e ineficaz de carregar mosquetes e deixar forcados ao alcance da mão. No entanto, nada aconteceu, a não ser alguns ruídos nas colinas; e quando o dia amanheceu muitos tinham a esperança de que o novo horror tivesse ido embora tão depressa quanto chegara. Houve até espíritos audaciosos que propuseram uma expedição ofensiva ao fundo da ravina, embora não se aventurassem a oferecer um exemplo concreto à maioria relutante.

Quando a noite chegou novamente, as barricadas se repetiram, embora menos famílias se reunissem. De manhã, tanto a família Frye como a de Seth Bishop relataram agitação entre os cães e vagos ruídos e maus cheiros vindos de longe, ao passo que exploradores que saíram logo cedo notaram horrorizados novas pegadas monstruosas na estrada em torno da Sentinel Hill. Como anteriormente, as margens da estrada mostravam estragos que indicavam o tamanho descomunal e chocante daquele horror. A conformação das pegadas parecia sugerir uma passagem em duas direções, como se a montanha móvel tivesse vindo da ravina da Fonte Fria e voltado a ela pelo mesmo caminho. No pé da colina, uma trilha de dez metros de moitas de arbustos esmagadas subia abruptamente, e os homens da expedição ficaram sem fôlego ao observar que nem os trechos mais íngremes desviavam o trajeto inexorável. Fosse o que fosse o horror, ele era capaz de escalar uma escarpa de pedra quase totalmente vertical; os exploradores subiram por caminhos mais seguros contornando a colina e, quando chegaram ao topo, viram que lá as pegadas terminavam – ou melhor, se invertiam.

Era ali que os Whateley faziam suas fogueiras e cantavam em seus rituais infernais em torno da grande pedra em forma de mesa na véspera de primeiro de maio e do dia de Todos os Santos. Agora aquela mesma pedra era o centro de um amplo espaço assolado pelo horror montanhoso, ao passo que sobre sua superfície ligeiramente côncava havia um denso e fétido depósito da mesma substância viscosa observada no chão da casa arruinada dos Whateley quando o horror escapara. Os homens se entreolharam, murmurando. Então olharam colina abaixo. Aparentemente o horror descera pelo mesmo caminho pelo qual subira. Não adiantava especular. Razão, lógica e ideias normais de motivação eram confusas. Só o velho Zebulon, que não estava no grupo, poderia ter julgado a situação ou sugerido uma explicação plausível.

A noite da quinta-feira começou como as outras, mas terminou de maneira menos feliz. Os bacurauas na ravina gritaram com tanta persistência que muita gente não conseguiu dormir, e por volta das três da madrugada todos os telefones do grupo tocaram aterrados. Os que atenderam ouviram uma voz medonha berrar: – Socorro, ai, meu Deus!... – e alguns tiveram a impressão de ouvir um estrondo seguido da interrupção da exclamação. Não houve mais nada. Ninguém ousou fazer nada e, até de manhã, ninguém soube de onde viera o chamado. Então os que o tinham ouvido telefonaram uns aos outros e constataram que só os Frye não atendiam. A verdade apareceu uma hora depois, quando um grupo de homens armados reunido às pressas rumou para as terras dos Frye, no topo da ravina. Foi horrível, embora não exatamente uma surpresa. Havia mais pisadas e pegadas monstruosas, mas já não havia casa nenhuma. Havia desmoronado para dentro, como uma casca de ovo, e entre as ruínas não conseguiram encontrar nada, nem vivo nem morto. Só um fedor e um visgo com jeito de piche. A família de Elmer Frye havia sido apagada de Dunwich.

VIII

Nesse meio-tempo uma fase mais silenciosa do horror, embora espiritualmente mais intensa, foi se desenrolando por trás da porta fechada de um aposento revestido de estantes em Arkham. O curioso registro manuscrito ou diário de Wilbur Whateley, entregue para tradução à universidade de Miskatonic, causara muita preocupação e estarrecimento entre os especialistas em linguagem antiga e moderna; seu próprio alfabeto, apesar de uma semelhança geral com o denso e obscuro arábico usado na Mesopotâmia, era absolutamente desconhecido por todas as autoridades no assunto que estavam ao alcance. A conclusão final dos linguistas foi de que o texto apresentava um alfabeto artificial, dando a impressão de um código cifrado; mesmo assim, nenhum dos métodos comuns de criptografia pareciam fornecer nenhuma chave mesmo quando aplicados com base em qualquer língua que seu autor pudesse ter usado. Os livros antigos colhidos na casa dos Whateley, embora fossem extremamente interessantes e em vários casos prometessem abrir novas e terríveis linhas de pesquisa entre filósofos e homens de ciência, não ajudavam em nada nessa questão. Um deles, um volume pesado com fechaduras de ferro, era escrito num outro alfabeto desconhecido – de aspecto completamente diferente, mais parecendo sânscrito do que qualquer outra coisa. Com o tempo, o velho livro foi deixado inteiramente sob a responsabilidade do dr. Armitage, tanto por seu interesse peculiar pelo caso Whateley como por seu amplo conhecimento de linguística e das fórmulas místicas da antiguidade e da Idade Média.

AER · IGNIS · MYN · DYS · AQUA · TERRA

Armitage imaginava que o alfabeto talvez fosse algo usado esotericamente por certos cultos proibidos provindos de tempos antigos e que tivessem herdado várias formas e tradições dos magos da mundo sarraceno. No entanto, não considerava que essa questão fosse vital; ora, seria desnecessário saber a origem dos símbolos se, conforme suspeitava, eles fossem usados como código numa língua moderna. Acreditava que, considerando a grande quantidade de texto envolvida, o autor dificilmente se daria ao trabalho de usar um idioma que não fosse o dele, salvo, talvez, em determinadas fórmulas e encantamentos especiais. Portanto, começou a examinar o manuscrito partindo do princípio de que a parte mais substancial estava em inglês.

O dr. Armitage sabia, pelos fracassos reiterados de seus colegas, que o enigma era profundo e complexo; e que qualquer solução simples nem merecia ser tentada. Ao longo do final de agosto ele se muniu de uma grande quantidade de informações sobre criptografia; lançou mão de todas as fontes de sua própria biblioteca, caminhando noite após noite entre os arcanos de *Poligraphia* de Trithemius, *De Furtivis Literarum Notis* de Giambattista Porta, *Traité des Chiffres* de De Vigenere, *Cryptomenysis Patefacta*, de Falconer, dos tratados do século dezoito de Davys e Thicknesse, de autoridades bastante modernas como Blair, Von Marten, e o próprio escrito de Klüber. Com o tempo convenceu-se de que estava diante de um daqueles criptogramas sutis e engenhosos em que várias listas de letras correspondentes são dispostas como tabuadas de multiplicação, e a mensagem é formada com palavras-chave arbitrárias conhecidas apenas pelos iniciados. As autoridades antigas pareciam de maior utilidade do que as mais recentes, e Armitage concluiu que o código do manuscrito era muito antigo, sem dúvida transmitido através de uma longa linha de experimentadores místicos. Várias vezes ele pareceu perto de desvendá-lo, mas logo recuava diante de algum obstáculo imprevisto.

Então, com a aproximação de setembro, as nuvens começaram a se dissipar. Algumas letras, usadas em algumas partes do manuscrito, emergiam definitiva e indubitavelmente; ficou óbvio que o texto era de fato em inglês.

No anoitecer do dias dois de setembro a última grande barreira caiu, e o dr. Armitage leu pela primeira vez um trecho contínuo dos anais de Wilbur Whateley. Na verdade era um diário, como todos imaginavam; e era redigido num estilo que revelava claramente o misto de erudição em ocultismo e falta de instrução geral do ser estranho que o escrevera. Um dos primeiros trechos longos lidos por Armitage, uma entrada com data de 26 de novembro de 1926, mostrou-se estarrecedor e inquietante. Fora escrito, conforme ele lembrou, por uma criança de três anos e meio que parecia um garoto de doze ou treze.

    Hoje aprendi o Aklo para o Sabaoth (dizia), não gostei, podia ser respondido da colina e não do ar. Aquele de cima mais na frente de mim do que eu achei que ia estar, e não parece ter muito cérebro da terra. Atirei no collie Jack do Elam Hutchin quando ele foi me morder, e Elam disse que ia me matar se ele morresse. Acho que não vai. O avô continuou me fazendo dizer a fórmula Dho na noite passada, e acho que vi a cidade interna nos 2 polos magnéticos. Vou àqueles polos quando a terra for esvaziada, se eu não conseguir irromper com a fórmula Dho-Hna quando eu registrar ela. Eles do ar me disseram no Sabbat que vão passar anos até eu conseguir esvaziar a terra, e acho que então o avô vai estar morto, então vou ter que aprender todos os ângulos dos planos e todas as fórmula entre o Yr e o Nhhngr. Eles de fora vão ajudar, mas eles não podem pegar corpo sem sangue humano. O de cima parece que vai ter o jeito certo. Posso ver ele um pouco quando faço o sinal Voorish ou assopro o pó de Ibn Ghazi nele, e ele está preto como eles na véspera de primeiro de maio na Colina. O outro rosto pode desgastar um pouco. Queria saber como eu vou ser quando a terra se esvaziar e não tiver seres terrestres nela. Ele que veio com o Aklo Sabaoth disse que posso me transfigurar porque tem muito lá fora para ser trabalhado.

A manhã veio encontrar o dr. Armitage suando frio de terror e num frenesi de viva concentração. Não largara o manuscrito a noite toda, mas estava sentado à mesa sob a luz elétrica virando uma página após a outra, com as mãos trêmulas, tão depressa quanto conseguia decifrar o texto criptografado. Tinha telefonado à esposa, nervoso, dizendo que não iria para casa, e quando ela lhe trouxe o café da manhã mal comeu um bocado. Durante todo o dia continuou lendo, parando de vez em quando, alvoroçado, quando se tornava necessário voltar a consultar a chave complexa. Trouxeram-lhe o almoço e o jantar, mas ele comeu apenas muito pouco de cada um. No meio da noite seguinte ele adormeceu na cadeira, mas logo acordou de um emaranhado de pesadelos quase tão aterradores quanto as verdades e ameaças à existência humana que descobrira.

Na manhã do dia 4 de setembro o professor Rice e o dr. Morgan insistiram em falar com ele por um momento, e foram embora trêmulos e lívidos. Aquela noite ele foi para a cama, mas dormiu um sono picado. Quarta-feira – o dia seguinte – ele voltou ao manuscrito e começou a fazer anotações copiosas, tanto sobre as partes que ia lendo quanto sobre as que já havia decifrado. Na madrugada daquela noite dormiu um pouco numa espreguiçadeira do escritório, mas antes de amanhecer já estava às voltas com o manuscrito. Um pouco antes do meio-dia seu médico, o dr. Hartwell, foi vê-lo para uma consulta e insistiu para que parasse de trabalhar. Ele se recusou, alegando que para ele era de importância vital terminar de ler o diário e prometendo uma explicação no devido tempo. Aquela tarde, bem na hora do crepúsculo, ele terminou a leitura terrível e recostou, exausto. Ao trazer o jantar, sua esposa o encontrou num estado semicomatoso; mas ele estava bastante consciente para detê-la com um grito agudo quando viu seus olhos se voltarem na direção das anotações que havia feito. Levantando-se debilmente, juntou os papéis escritos e os lacrou num grande envelope, que enfiou imediatamente no bolso interno do casaco. Teve força suficiente para chegar em casa, mas estava tão evidente que precisava de um médico que o dr. Hartwell foi chamado na mesma hora. Quando o médico o colocou na cama, ele só conseguia murmurar repetidamente: – Mas, em nome de Deus, o que podemos fazer?

O dr. Armitage dormiu, mas no dia seguinte estava parcialmente delirante. Não deu explicações a Hartwell, mas nos momentos de mais calma falava da necessidade imperiosa de ter uma longa conversa com Rice e Morgan. Seus devaneios mais desvairados eram de fato assustadores, incluindo apelos desesperados para que algo numa casa vedada de madeira fosse destruído, e referências fantásticas a um plano por parte de uma terrível raça antiga de seres de outra dimensão para extirpar da Terra toda a raça humana e toda a vida animal e vegetal. Ele gritava que o mundo estava em perigo, pois as Coisas Antigas desejavam arrancá-lo e arrastá-lo do sistema solar e do cosmos da matéria para um outro plano ou fase da qual havia caído em outros tempos, vigintilhões de éons atrás. Em outros momentos solicitava o temido *Necronomicon* e o *Daemonolatreia* de Remigius, nos quais parecia ter esperança de encontrar uma fórmula para frear o perigo que conjurava.

– Detenha-os, detenha-os! – ele gritava. – Aqueles Whateley queriam deixá-los entrar, e o pior ainda sobrou! Digam a Rice e Morgan que temos que fazer alguma coisa, é um último recurso, eu sei como fazer o pó... Ele não foi alimentado desde o dia 2 de agosto, quando Wilbur veio aqui para morrer, e a essa altura...

Mas Armitage era fisicamente vigoroso, apesar de seus setenta e três anos; dormindo, curou-se de seu distúrbio, sem ter nenhuma febre. Acordou tarde na sexta-feira, lúcido, embora com um temor corrosivo e um imenso senso de responsabilidades. No sábado à tarde sentiu-se capaz de ir à biblioteca e convocar Rice e Morgan para uma reunião, e o resto do dia e da noite os três homens

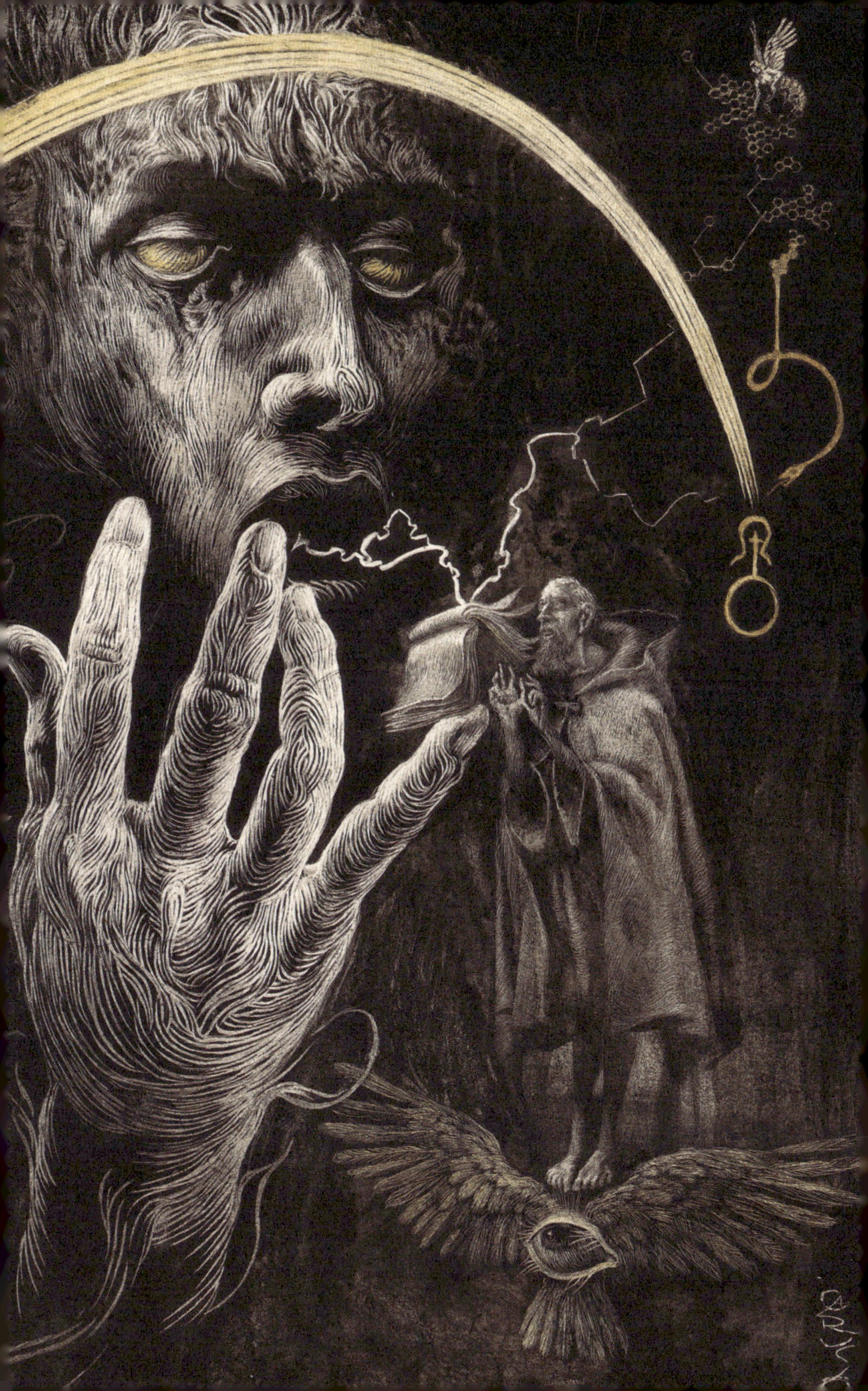

davam voltas ao cérebro especulando exaltados e discutindo desesperadamente. Livros estranhos e terríveis foram tirados aos montes das estantes e dos lugares seguros em que estavam guardados; diagramas e fórmulas foram copiados com pressa febril e em abundância estonteante. Não havia nada de ceticismo. Os três tinham visto o corpo de Wilbur Whateley deitado no chão num recinto daquele mesmo edifício, e depois disso nenhum deles poderia sentir a menor inclinação a tratar o diário como desvario de um louco.

As opiniões se dividiam quanto a notificar a polícia estadual de Massachusetts, e finalmente a negativa venceu. Havia coisas envolvidas em que as pessoas que não tinham visto nenhuma prova simplesmente não conseguiam acreditar, como de fato ficou claro nas investigações subsequentes. Tarde da noite a reunião se dispersou sem ter elaborado nenhum plano definido, mas Armitage passou o domingo todo comparando fórmulas e misturando substâncias químicas obtidas no laboratório da faculdade. Quanto mais ele refletia sobre o diário infernal, mais tendia a duvidar da eficácia de qualquer agente material para eliminar o ser que Wilbur Whateley deixara para trás – o ser ameaçador, que ele desconhecia, irromperia em algumas horas e se tornaria o memorável horror de Dunwich.

A segunda-feira, para o dr. Armitage, foi uma repetição do domingo, pois a tarefa que ele tinha em mãos exigia muitas pesquisas e experiências. Novas consultas ao diário monstruoso acarretaram várias mudanças de planos, e ele sabia que até o fim restariam muitas incertezas. Na terça-feira ele tinha estabelecido uma linha de ação definitiva e pensava em tentar uma ida até Dunwich dentro de uma semana. Então, na quarta-feira, aconteceu o grande choque. Relegado obscuramente a um canto do *Arkham Advertiser*, uma pequena matéria bem-humorada dizia que o uísque contrabandeado de Dunwich havia suscitado um monstro que quebrava todos os recordes. Armitage, aturdido, só conseguiu telefonar para Rice e Morgan. Conversaram até tarde da noite, e no dia seguinte todos eles se agitavam em preparativos. Armitage sabia que interferiria em poderes terríveis, embora enxergasse que não havia outro meio de aniquilar a interferência mais profunda e maligna que outros haviam realizado antes dele.

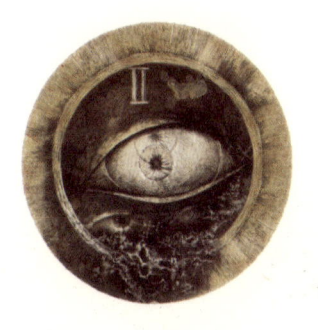

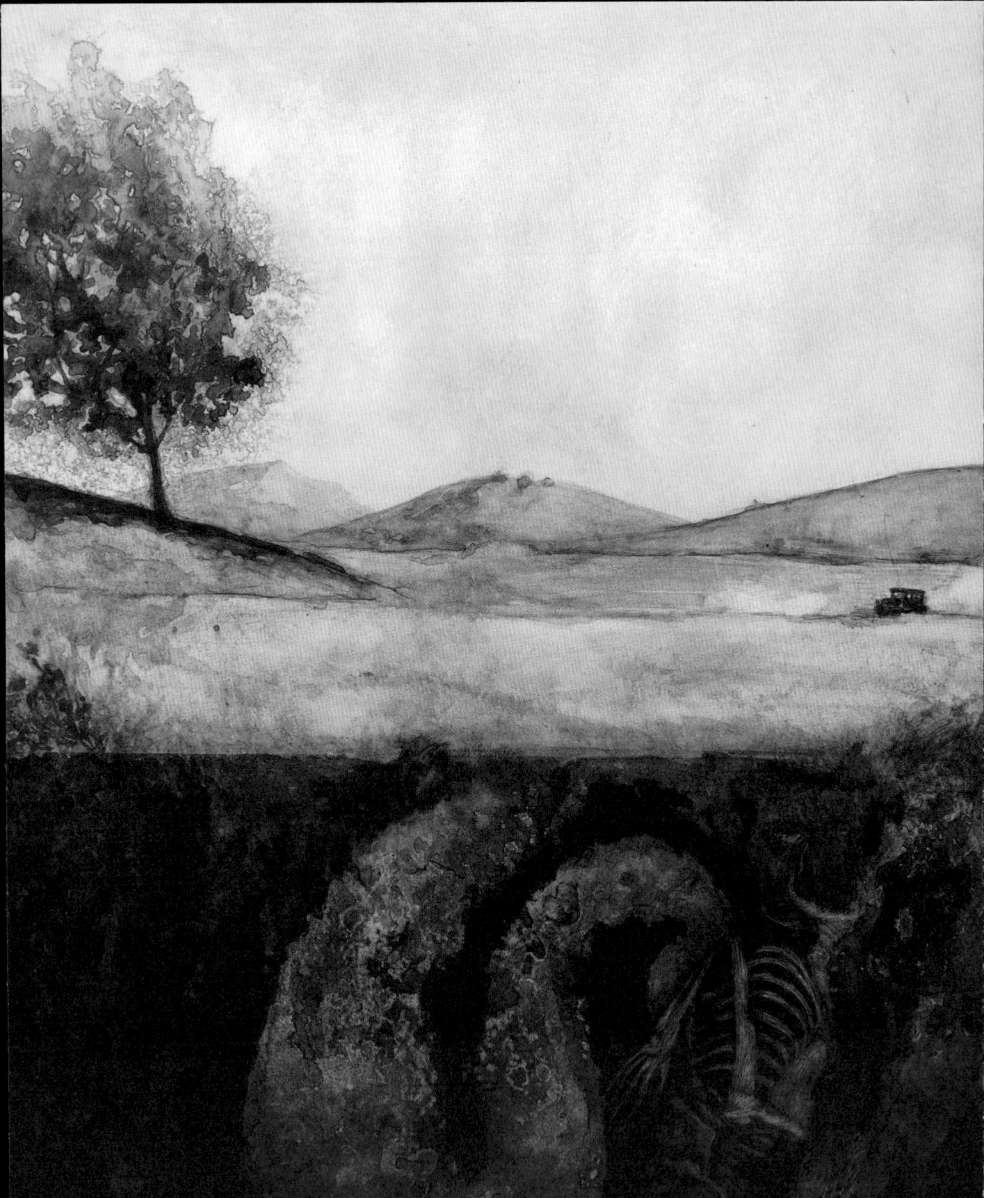

IX

Na sexta-feira de manhã, Armitage, Rice e Morgan partiram de carro para Dunwich e chegaram ao vilarejo por volta da uma da tarde. O dia estava agradável, mas até no mais brilhante raio de sol uma espécie de temor e presságio silencioso parecia pairar entre as colinas estranhamente arredondadas e as ravinas fundas e sombrias da região afetada. De vez em quando em algum topo de montanha avistava-se contra o céu um lúgubre círculo de pedra. Pelo ar de pavor silencioso no armazém do Osborn eles perceberam que algo terrível havia acontecido e logo ficaram sabendo da aniquilação da casa e da família de Elmer Frye. Durante toda a tarde percorreram de carro os arredores de Dunwich, interrogando os moradores sobre tudo o que acontecera e vendo com crescentes sobressaltos de horror as medonhas ruínas dos Frye com os restos da substância viscosa, as pegadas ultrajantes, o gado ferido de Stephen Bishop e os enormes pedaços de vegetação esmagada em vários lugares. A trilha que subia e descia a Sentinel Hill tinha para Armitage um significado quase cataclísmico, e ele observou longamente a sinistra pedra semelhante a um altar, lá no topo.

Finalmente os visitantes, advertidos de que um destacamento da polícia do estado viera de Aylesbury aquela manhã, atendendo aos primeiros relatos por telefone da tragédia dos Frye, decidiram interrogar os policiais e comparar as notícias tanto quanto possível. Isso, no entanto, foi mais fácil planejar do que fazer, já que nenhum sinal do destacamento foi encontrado em parte alguma. Vinham cinco num carro, mas agora o carro estava vazio, perto das ruínas da propriedade dos Frye. Os habitantes locais, que tinham todos conversado com os policiais, pareceram de início tão perplexos quanto Armitage e seus colegas. Então o velho Sam Hutchins pensou em alguma coisa e empalideceu, cutucando Fred Farr e apontando para o buraco úmido e profundo escancarado ali perto.

– Meu Deus – ele disse, ofegante –, eu disse para eles não descerem a ravina, e achei que ninguém ia descer com aquelas pegadas, aquele cheiro, os bacuraus gritando lá embaixo e aquela escuridão em pleno meio-dia.

Um calafrio percorreu os habitantes do lugar e os visitantes também, e todos os ouvidos se aguçaram, quase que instintivamente. Armitage, agora que via com os próprios olhos o horror e sua obra monstruosa, estremeceu diante da responsabilidade que sentia ser sua. Logo anoiteceria, e era então que a blasfêmia montanhosa se arrastava cumprindo seu trajeto medonho. *Negotium perambulans in tenebris*... O velho bibliotecário recordou as fórmulas que havia decorado e apertou nas mãos o papel que continha a alternativa que não conseguira memorizar. Verificou se sua lanterna estava funcionando. Rice, ao lado dele, tirou de uma maleta um borrifador metálico do tipo dos que se usam para combater insetos; enquanto isso Morgan tirava do estojo a espingarda de caça à qual se apegava, apesar das advertências dos colegas de que nenhuma arma material teria serventia.

Armitage, que lera o diário horrendo, sabia dolorosamente o tipo de manifestação a esperar; mas não quis aumentar o pavor da gente de Dunwich fazendo insinuações ou dando pistas. Tinha esperança de vencê-lo sem fazer ao mundo nenhuma revelação sobre o monstro do qual escapara. Quando as sombras se intensificaram, os habitantes começaram a se dispersar, rumando para seus lares, ansiosos por se trancar dentro de casa apesar de ser evidente que todas as fechaduras e ferrolhos humanos seriam inúteis diante de uma força capaz de envergar árvores e esmagar casas quando desejasse. As pessoas meneavam a cabeça diante dos planos dos visitantes de montar guarda nas ruínas dos Frye, próximas da ravina; e foram embora sem nenhuma expectativa de voltar a ver os vigilantes.

Aquela noite houve estrondos sob as colinas, e os bacuraus piavam ameaçadores. De vez em quando um vento, levantando-se da ravina da Fonte Fria, trazia laivos de um fedor inefável ao pesado ar noturno; era um mau cheiro que os três visitantes já tinham sentido antes, ao se debruçar sobre uma coisa morta que durante quinze anos fora considerada um ser humano. Mas o terror aguardado não apareceu. Fosse o que fosse que estivesse lá embaixo na ravina, decerto estava esperando o momento certo, e Armitage disse aos colegas que seria suicídio tentar atacar no escuro.

A manhã chegou se arrastando e os ruídos noturnos cessaram. Era um dia cinzento e gélido, com períodos de chuvisco; e as montanhas pareciam acumular-se cada vez mais para além das montanhas a noroeste. Os homens de Arkham estavam indecisos, sem saber o que fazer. Procurando abrigo contra a chuva que engrossava sob uma das poucas construções dos Frye que não tinham sido destruídas, discutiam sobre a conveniência de ficar esperando ou tomar a iniciativa de descer pela ravina à procura de sua presa monstruosa e inominável. A chuvarada despencou pesada e trovões espoucavam no horizonte longínquo. Feixes de luz lampejavam, e um raio reluziu como um forcado bem ali perto, como que trespassando a própria ravina maldita. O céu escureceu ainda mais, e os observadores tinham esperança de que se tratasse de uma daquelas tempestades breves e intensas, e que depois o tempo clareasse.

Estava escuro como breu quando, não mais de uma hora depois, um vozerio confuso soou na estrada lá embaixo. Mais um instante e avistaram um grupo de mais de uma dúzia de homens assustados, correndo, gritando e até soluçando histericamente.

Alguém que ia à frente balbuciou algumas palavras, e os homens de Arkham se sobressaltaram quando as palavras foram adquirindo sentido.

– Ai, meu Deus, meu Deus – a voz soava estrangulada –, aconteceu de novo, e agora de dia! Ele saiu, ele saiu e está vindo neste minuto, só o Senhor sabe quando vai cair em cima de nós!

O homem que falava se calou, mas outro continuou a contar.

– Não faz uma hora o Zeb Whateley, aqui, ouviu o telefone tocar e era a sra. Corey, a mulher do George, que mora lá embaixo, na encruzilhada. Ela disse que o moço Luther, o capataz, estava lá fora pondo as vacas para dentro depois do raio grande quando ele viu todas as árvores se inclinarem na boca da ravina, lá do outro lado, e sentiu o mesmo cheiro horrível de quando ele achou as pegadas enormes na manhã da segunda-feira passada. E ela disse que ele disse que ouviu um zumbido e um marulho, que não era ruído das árvores nem do mato, e de repente as árvores na beira da estrada começaram a se retorcer para um lado, e fez um barulho horrível de pisotear e chapinhar na lama. Mas, imagine só, o Luther não viu nada, só as árvores e o mato se dobrando.

– Então mais adiante, onde o riacho do Bishop passa por baixo da estrada, ele ouviu rangidos e estalos na ponte, e era como madeira rachando e quebrando. E o tempo todo ele não viu nada, só as árvores e os arbustos se dobrando. E quando o zumbido foi se afastando para longe, para os lados do bruxo Whateley e de Sentinel Hill, Luther criou coragem e subiu até onde ele tinha ouvido os barulhos antes e olhou para o chão. Só tinha lama e água, e o céu estava escuro, e a chuva estava apagando todas as pegadas bem depressa; mas na boca da ravina, onde as árvores tinham se dobrado, ainda tinha algumas daquelas pegadas horríveis do tamanho de barris, como ele tinha visto na segunda-feira.

Nessa altura o homem que tinha falado primeiro o interrompeu, agitado.

– Mas agora o problema não é esse, isso foi só o começo. O Zeb, aqui, estava convocando as pessoas e todos estavam ouvindo quando veio uma chamada da casa do Seth Bishop. Sally, a caseira, estava desesperada. Tinha acabado de ver as árvores se dobrando na beira da estrada e disse que tinha ouvido um barulho rascado, como de um elefante bufando e trotando, avançando na direção da casa. Depois fez uma pausa e falou de repente de um cheiro assustador, e disse que seu filho Chauncey estava gritando que era igualzinho ao que tinha sentido nas ruínas dos Whateley na segunda-feira de manhã. E os cães estavam latindo e ganindo de um jeito horrível.

– Então ela deu um berro terrível e disse que o galpão que ficava mais embaixo tinha desmoronado para dentro como se a tempestade tivesse derrubado ele, só que o vento não estava tão forte para fazer aquilo. Todo o mundo estava ouvindo, e dava para ouvir pelo telefone muita gente ofegante. De repente Sally gritou de novo, dizendo que a cerca da frente da casa tinha acabado de cair, mas não havia sinal de quem tinha feito aquilo. Então pelo telefone todo o mundo ouviu Chauncey e o velho Seth Bishop gritando também, e a Sally berrava que uma coisa pesada tinha atingido a casa – não era raio nem nada, mas uma coisa pesada que tinha batido na frente, que continuava batendo sem parar, só que não dava para ver nada pelas janelas da frente. Então... então...

Sulcos de pavor se aprofundavam em todos os rostos; e Armitage, abalado, mal teve energia para incitar o homem a continuar.

– Então... a Sally gritou: "Socorro, a casa está caindo"..., e pelo telefone nós ouvimos um estrondo assustador e um amontoado de vozes gritando... como quando aconteceu com o Elmer Frye, mas pior...

O homem fez uma pausa e outro da multidão falou.

– E foi isso. Depois disso, nem um ruído, nem um chiado no telefone. Só silêncio. Nós que estávamos ouvindo tiramos os

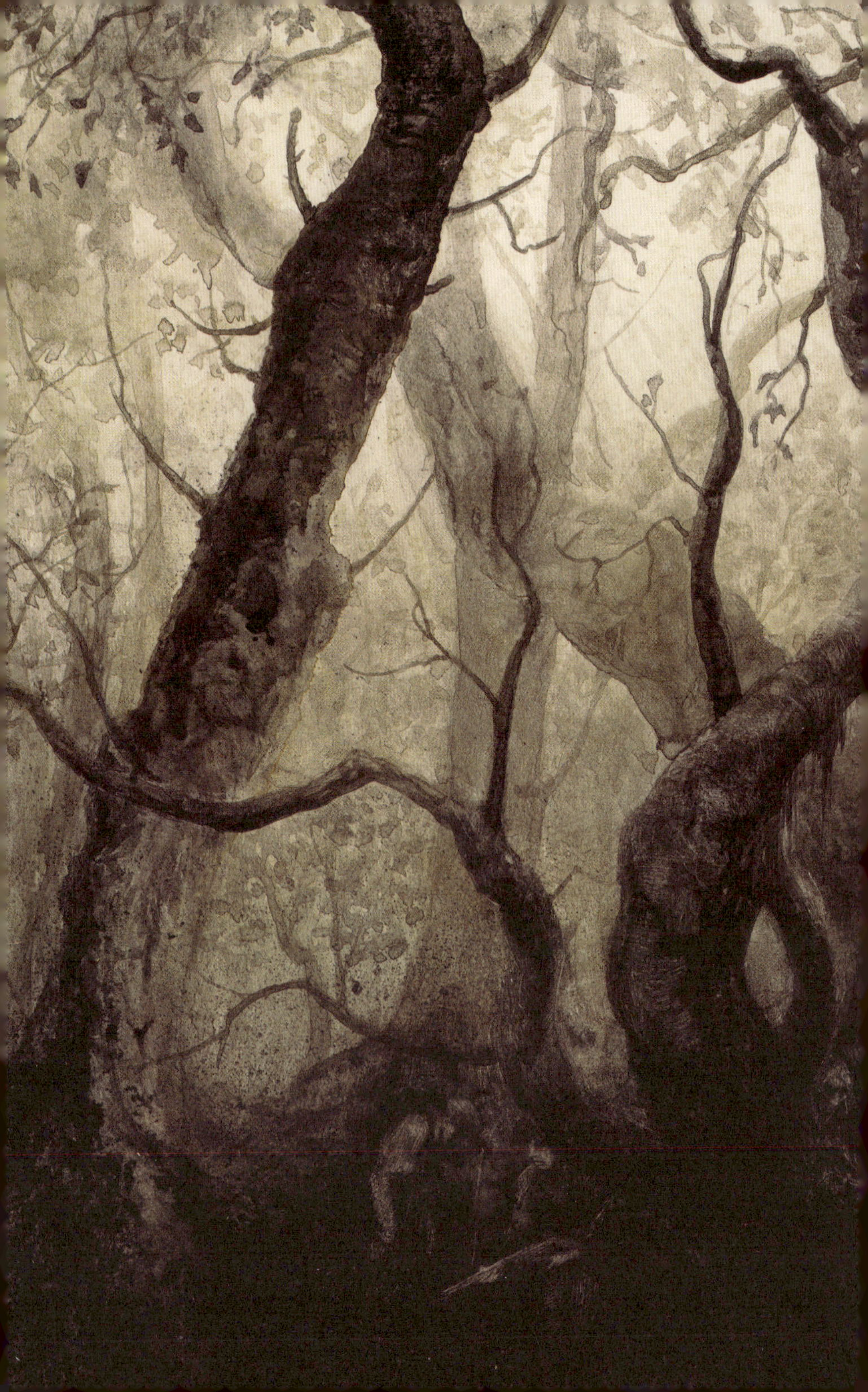

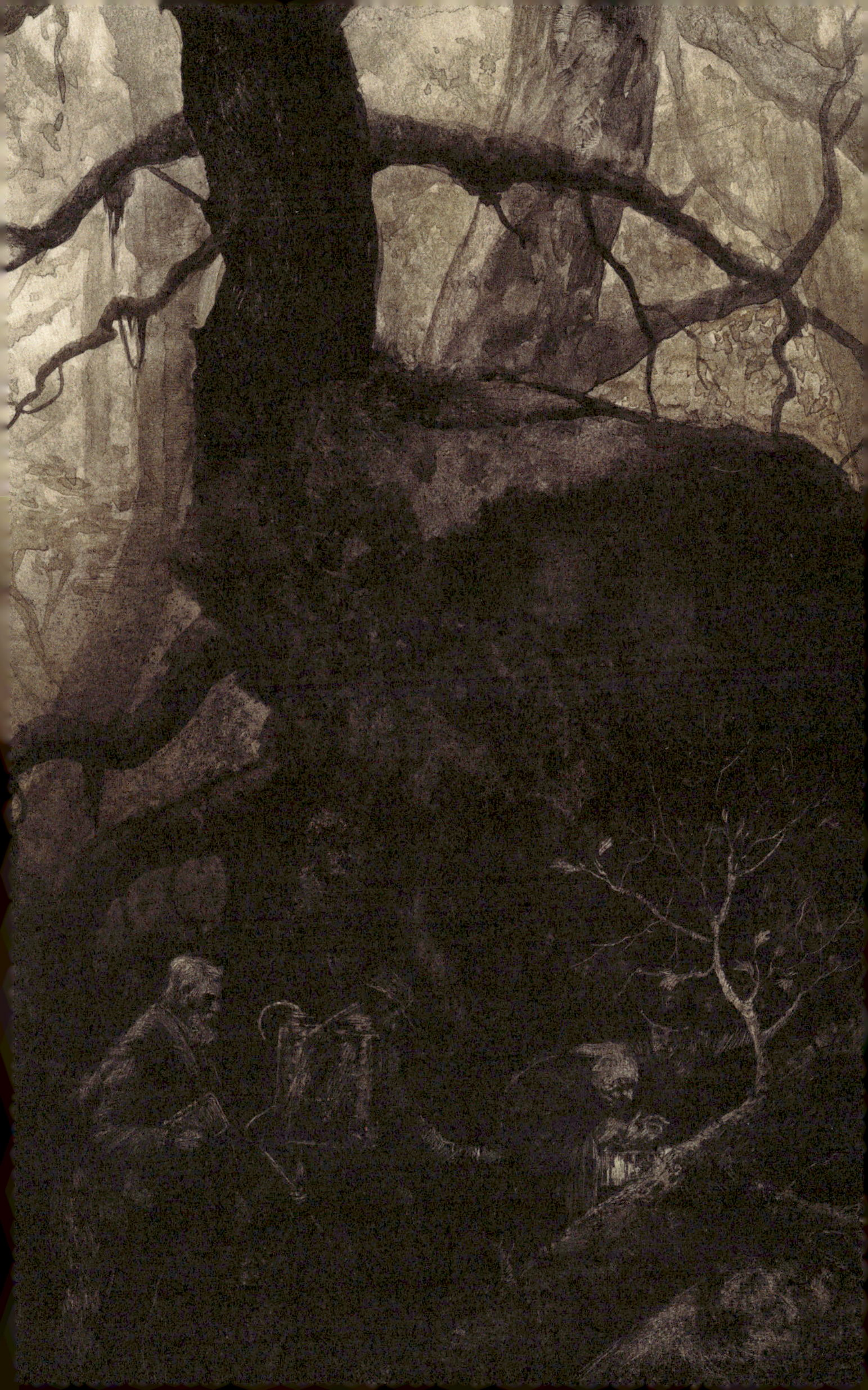

carros e carroças para reunir o maior número de homens sadios nas terras dos Corey e viemos aqui para ver o que vocês acham melhor fazer. Na verdade eu acho que é o julgamento do Senhor pelas nossas perversidades, e a ele nenhum mortal pode escapar.

Armitage viu que era chegada a hora de uma ação positiva e falou com firmeza ao grupo indeciso de camponeses assustados.

– Temos de seguir essa coisa, rapazes – tentou falar no tom mais seguro possível. – Acredito que existe uma possibilidade de acabar com ela. Vocês, homens, sabem que aqueles Whateley eram bruxos; pois bem, essa coisa é de bruxaria, e deve ser derrubada pelos mesmos meios. Vi o diário de Wilbur Whateley e li alguns dos velhos livros estranhos que ele lia; acho que sei o tipo de encantamento correto a ser pronunciado para fazer a coisa sumir. Claro, nunca se pode ter certeza, mas sempre existe uma possibilidade. A coisa é invisível, eu sabia que era, mas há um pó nesse borrifador a longa distância que pode fazê-la aparecer por um segundo. Mais tarde vamos tentar. É uma coisa medonha demais para continuar vivendo, mas não é tão ruim quanto o que Wilbur nos teria feito se tivesse vivido por mais tempo. Vocês nunca saberão do que o mundo escapou. Agora só temos essa coisa para combater, e ela não pode se multiplicar. No entanto, pode fazer muito mal; por isso não podemos hesitar em levar a comunidade a livrar-se dela.

– Precisamos segui-la, e a maneira de começar é ir ao lugar que acabou de ser destruído. Que alguém vá na frente. Não conheço muito bem as estradas daqui, mas tenho ideia de que deve haver atalhos mais curtos. O que acham?

Os homens vacilaram por um momento, depois Earl Sawyer falou baixinho, apontando com um dedo encardido através da chuva que ia diminuindo regularmente.

– Acho que um jeito de chegar mais depressa às terras do Seth Bishop é cortar caminho pelo campo aqui de baixo, atravessar o riacho no lugar mais raso, subir pelo terreno do Carrier e pelo bosque mais adiante. Aí vamos dar nos Seth, um pouco do outro lado. Armitage começou a andar com Rice e Morgan na direção indicada; e a maioria dos homens foi atrás, devagarinho. O céu estava se desanuviando e tudo indicava que a tempestade ia se afastando. Quando Armitage inadvertidamente tomou a direção errada, Joe Osborn o avisou e passou a andar na frente para indicar o caminho certo. A coragem e a confiança cresciam, embora essas qualidades fossem duramente testadas, já perto do final do atalho, pelo lusco-fusco da encosta quase perpendicular da colina coberta de florestas entre cujas velhas árvores fantásticas tinham que escalar como que subindo uma escada.

Finalmente emergiram numa estrada lamacenta, encontrando o sol que ressurgia. Estavam um pouco além das terras de Seth Bishop, mas árvores envergadas e pegadas terrivelmente inconfundíveis mostravam o que havia passado por lá. Levaram apenas alguns momentos para inspecionar as ruínas logo depois da curva. Era a reprodução de todo o incidente dos Frye, e nada que estivesse vivo ou morto foi encontrado em nenhum dos dois esqueletos daquilo que havia sido a casa e o celeiro dos Bishop. Ninguém fazia questão de permanecer ali em meio ao fedor e ao visgo, mas todos voltaram instintivamente à sequência de pegadas horríveis que se dirigiam à casa destruída dos Whateley e às encostas coroadas pelo altar da Sentinel Hill.

Ao passar pelo lugar em que Wilbur Whateley morava, os homens estremeceram visivelmente, aparentando mais uma vez mesclar hesitação à sua valentia. Não era brincadeira seguir o rasto de algo que era do tamanho de uma casa e que ninguém via, mas que tinha toda a malevolência perversa de um demônio. Em frente do sopé da Sentinel Hill as pegadas saíam da estrada e na trilha estreita via-se mais vegetação retorcida e esmagada, marcando a recente passagem de subida e descida do monstro.

Armitage pegou um binóculo de bolso de alcance considerável e esquadrinhou a encosta verde e íngreme da colina. Então passou o instrumento para Morgan, que tinha a visão mais aguçada. Depois de observar por um momento, Morgan deu um grito agudo, passou o binóculo para Earl Sawyer e apontou com o dedo um determinado lugar da encosta. Sawyer, desajeitado como a maioria dos que não têm o hábito de usar instrumentos ópticos, atrapalhou-se um pouco, mas acabou conseguindo ajustar o foco com a ajuda de Armitage. Então deu um grito menos contido do que o de Morgan.

– Deus todo poderoso, o capim e o mato estão se mexendo! A coisa está subindo devagar para o topo, quase se arrastando, só o céu sabe para fazer o quê!

Então o germe do pânico pareceu se alastrar entre os homens do grupo. Uma coisa era ir atrás do ser inominável, outra bem diferente era encontrá-lo. Os encantamentos podiam até estar corretos, mas e se não estivessem? Vozes começaram a interrogar Armitage sobre seu conhecimento sobre a coisa e nenhuma resposta parecia satisfatória. Todos pareciam sentir-se muito próximos de fases da Natureza e da existência totalmente proibidas e exteriores à sã experiência da humanidade.

X

No final os três homens de Arkham – o velho de barba branca dr. Armitage, o férreo e grisalho professor Rice e o magro e jovem dr. Morgan – subiram a montanha sozinhos. Depois de darem instruções pacientes sobre como usá-lo e ajustar o foco, deixaram o binóculo com o grupo apavorado que permanecia na estrada; e subiram observados de perto, enquanto o binóculo era passado de mão em mão. Era uma caminhada difícil, e várias vezes Armitage precisou ser ajudado. Muito acima do grupo esforçado a enorme faixa pisoteada tremia quando o ser infernal que a produzia passava de novo com a lentidão de uma lesma. Então ficou evidente que os perseguidores estavam ganhando terreno.

Curtis Whateley – do ramo não decadente – estava com o binóculo quando o grupo de Arkham desviou-se radicalmente da faixa pisoteada. Ele disse aos outros que os homens evidentemente estavam tentando chegar a um pico secundário do qual se avistasse a faixa num ponto bem adiante de onde agora a vegetação estava sendo esmagada. E era mesmo verdade; viu-se o grupo chegar à elevação menor pouco depois de a blasfêmia invisível ter passado por ela.

Então Wesley Corey, que pegara o binóculo, gritou que Armitage estava preparando o borrifador que Rice segurava e que alguma coisa decerto estava para acontecer. Os homens se inquietaram, lembrando que o borrifador supostamente faria o horror invisível tornar-se visível por alguns momentos. Dois ou três homens fecharam os olhos, mas Curtis Whateley voltou a olhar pelo binóculo e forçou a visão ao máximo. Viu que Rice, do ponto em que o grupo se encontrava, com uma visão privilegiada acima e

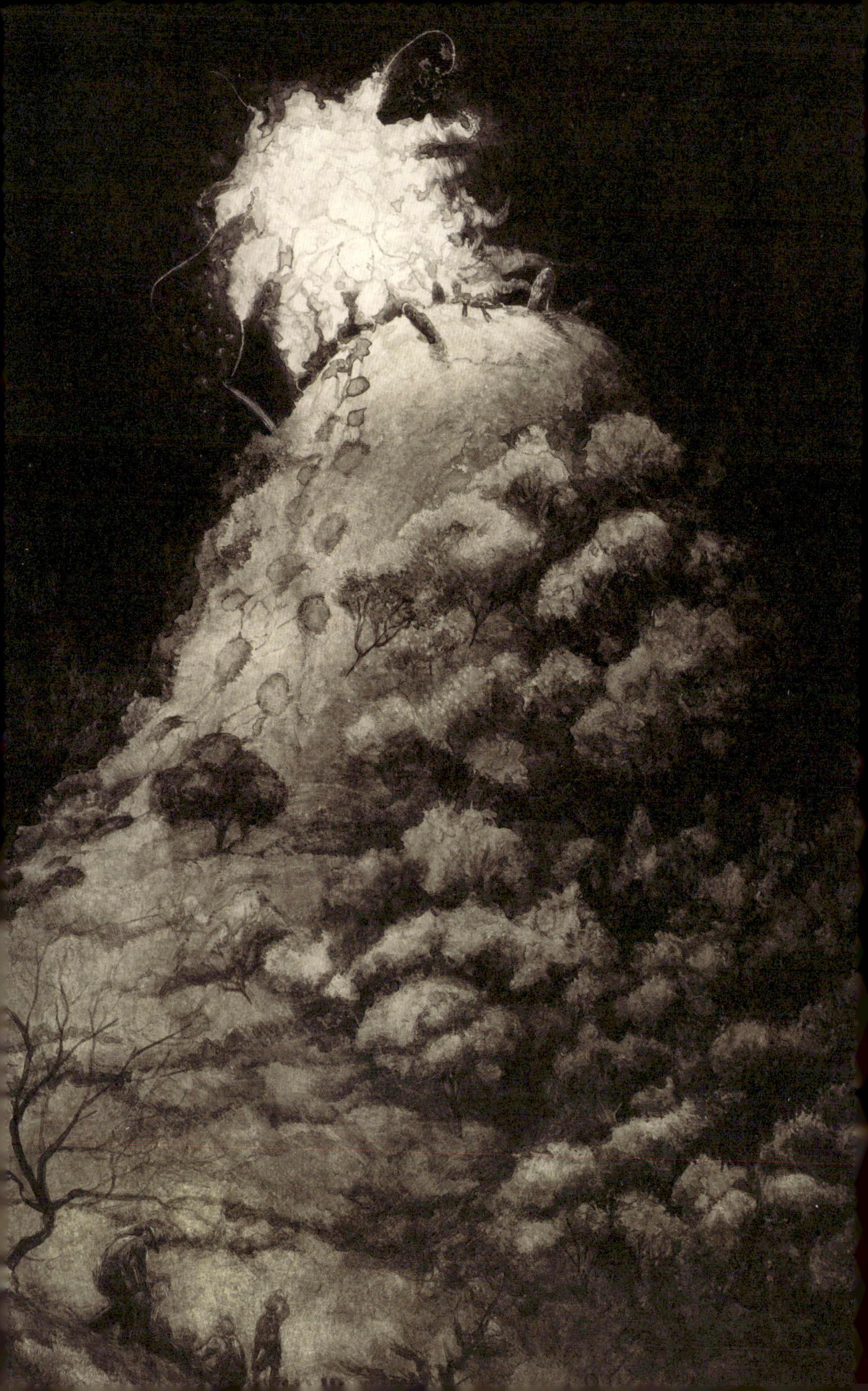

atrás do ser, tinha excelentes condições de borrifar o pó poderoso com ótimo resultado.

Os que não estavam com o binóculo viram apenas por um instante uma nuvem cinzenta – uma nuvem do tamanho de um edifício moderadamente grande – perto do topo da montanha. Curtis, que ainda segurava o binóculo, deixou-o cair, com um grito penetrante, na lama funda da estrada. Ele cambaleou, e teria despencado no chão se dois ou três outros homens não o tivessem segurado. A única coisa que conseguiu fazer foi murmurar de modo quase inaudível:

– Ah, ah, Deus meu... *aquilo... aquilo...*

Houve um pandemônio de perguntas, e só Henry Wheeler pensou em resgatar o binóculo da lama e limpá-lo. Curtis tinha perdido a coerência, e mesmo respostas isoladas eram quase demais para ele.

– Maior do que um celeiro... todo de cordas retorcidas... uma forma que parece ovo de galinha maior do que tudo com dúzias de patas como barris que se fecham a cada passo... nada que seja sólido – tudo como gelatina feito de cordas separadas retorcidas muito apertadas... olhos grandes e saltados por todo lado... dez ou vinte bocas ou trombas em torno dos flancos, grandes como chaminés de fogão e todas se mexendo e abrindo e fechando... inteirinho cinzento, com uma espécie de anéis azuis ou roxos... *e Deus do céu...* aquela metade de rosto no alto...

Essa última lembrança, fosse o que fosse, foi demais para o pobre Curtis; e ele perdeu completamente os sentidos sem conseguir dizer mais nada. Fred Farr e Will Hutchins o carregaram para a beira da estrada e o deitaram na relva úmida. Henry Wheeler, trêmulo, voltou o binóculo resgatado para a montanha para ver o que estava acontecendo. Através das lentes distinguiu três figuras minúsculas, aparentemente correndo para o topo o mais depressa que o declive íngreme permitia. Só elas – nada mais.

Então todos notaram um ruído estranhamente despropositado no vale profundo atrás deles, e também no mato da própria Sentinel Hill. Era o pio de inumeráveis bacuraus, e no coro estridente parecia insinuar-se uma nota de tensa e maligna expectativa. Earl Sawyer estava agora com o binóculo e relatava que as três figuras estavam no ponto mais alto da colina, praticamente no mesmo nível da pedra-altar, mas a uma distância considerável dele. Um das figuras, segundo ele, parecia estar levantando as mãos acima da cabeça, em intervalos ritmados; e, assim que Sawyer descreveu a cena, as pessoas tiveram a impressão de ouvir ao longe um vago som como que musical, como se um canto alto acompanhasse os gestos. A estranha silhueta, no alto daquele pico remoto, decerto era um espetáculo grotesco e impressionante, mas nenhum dos observadores tinha disposição para apreciações estéticas. – Acho que ele está pronunciando o encantamento – sussurrou Wheeler, voltando a pegar o binóculo. Os bacuraus piavam loucamente, e num ritmo singularmente irregular, bem diferente do ritual visível.

De repente o brilho do céu pareceu diminuir, sem a interferência de nenhuma nuvem. Era um fenômeno muito peculiar, que todos notaram. Um ruído de trovão parecia estar se formando sob as colinas, estranhamente mesclado com um estrondo concomitante que vinha claramente do céu. Um raio lampejou, e o grupo, admirado, procurou em vão indícios de tempestade. O canto dos homens de Arkham tornara-se nítido, e Wheeler viu através das lentes que os três levantavam as mãos ao ritmo do encantamento. De alguma casa ao longe chegou o latido agitado de cães.

A mudança de luz aumentava, e as pessoas olhavam o horizonte, admiradas. Uma escuridão arroxeada, provocada por um aprofundamento espectral do azul do céu, se abateu sobre as colinas que trovejavam. Novamente um raio lampejou, um pouco mais brilhante do que o anterior, e o grupo imaginou distinguir uma espécie de neblina em torno da pedra-altar na altura distante. Ninguém, no entanto, estava usando o binóculo naquele instante. Os bacuraus continuavam sua pulsação irregular, e os homens de Dunwich, tensos, puseram-se de sobreaviso contra a ameaça imponderável que parecia sobrecarregar a atmosfera.

Sem prévio aviso, vieram aqueles *sons* vocais profundos, rascados, roucos, que nunca sairão da memória do grupo estarrecido que os ouviu. Não saíram de nenhuma garganta humana, pois os órgãos dos homens não comportam tais perversões acústicas. Seria de dizer, antes, que provinham do próprio inferno, não fosse a sua origem tão indubitavelmente a pedra-altar do topo. É quase um equívoco chamá-los de sons, pois grande parte de seu timbre horrivelmente infragrave falava a camadas obscuras de consciência e terror muito mais sutis do que o ouvido; no entanto alguém forçosamente os produzira, pois sua forma era indiscutivelmente, embora vagamente, a de palavras semiarticuladas. Eram altos – altos como os estrondos e trovões acima dos quais ecoavam – apesar de não virem de nenhum ser visível. E, como a imaginação poderia sugerir uma origem conjectural no mundo dos seres invisíveis, o grupo aglomerado no sopé da montanha estreitou-se ainda mais, e se retraiu como que esperando um golpe.

– Ygnaiih... ignaiih... thflthkh'ngha... Yog-Sothoth... – soava o horrendo grasnido do espaço. – Y'bthnk...h'ehye – n'grkdl'h...

Ali o impulso da fala parecia ter-se perdido, como se estivesse sendo travada uma assustadora luta psíquica. Henry Wheeler forçou a vista olhando pelo binóculo, mas via apenas a silhueta grotesca das três figuras humanas lá no topo, mexendo os braços furiosamente, com gestos estranhos, enquanto seu encantamento se aproximava do auge. De que obscuros poços de medo ou sentimento aquerôntico, de que abismos insondados de extracósmica consciência ou hereditariedade obscura, há tanto tempo latente, proviriam aqueles grasnidos estrondosos meio articulados?

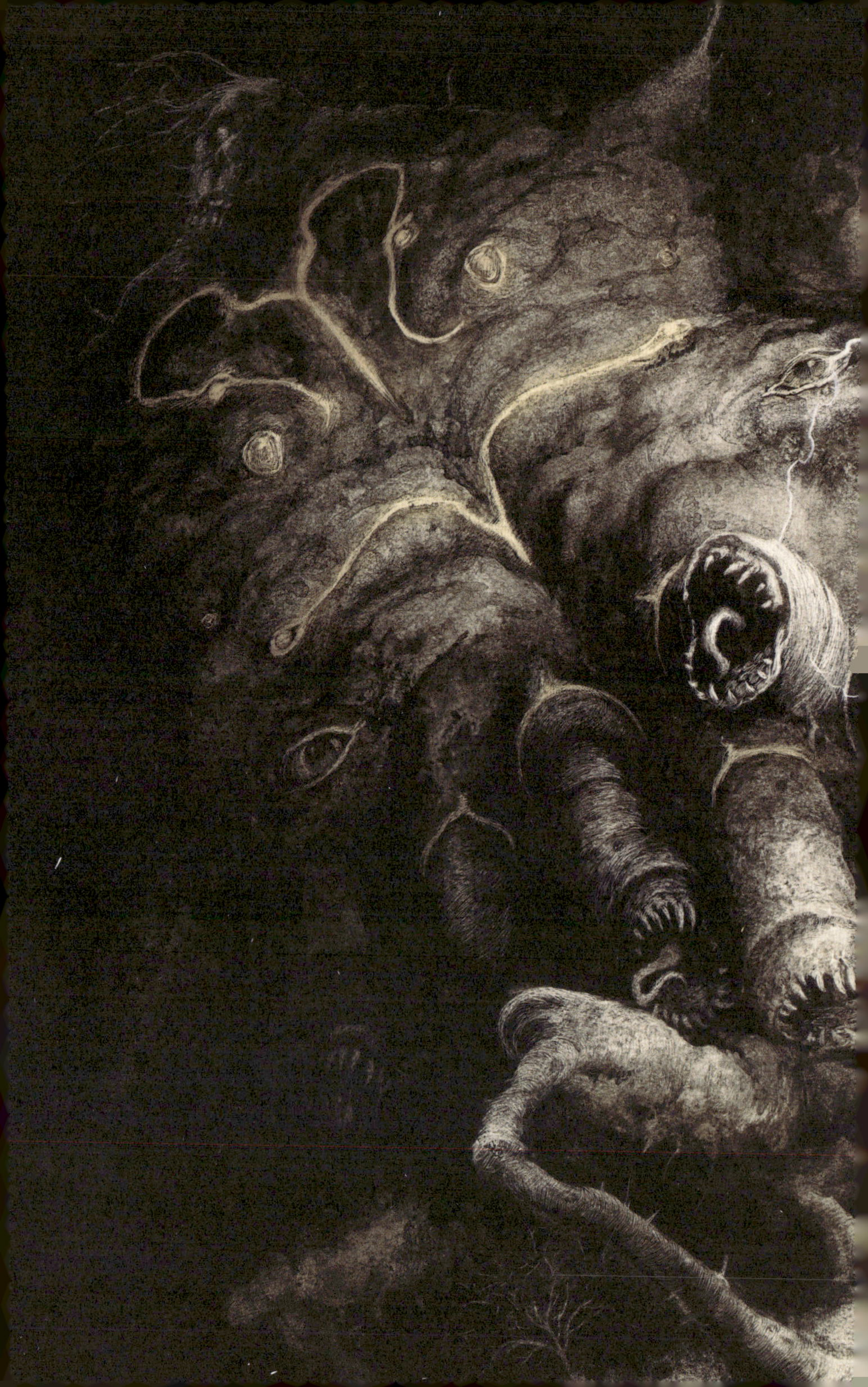

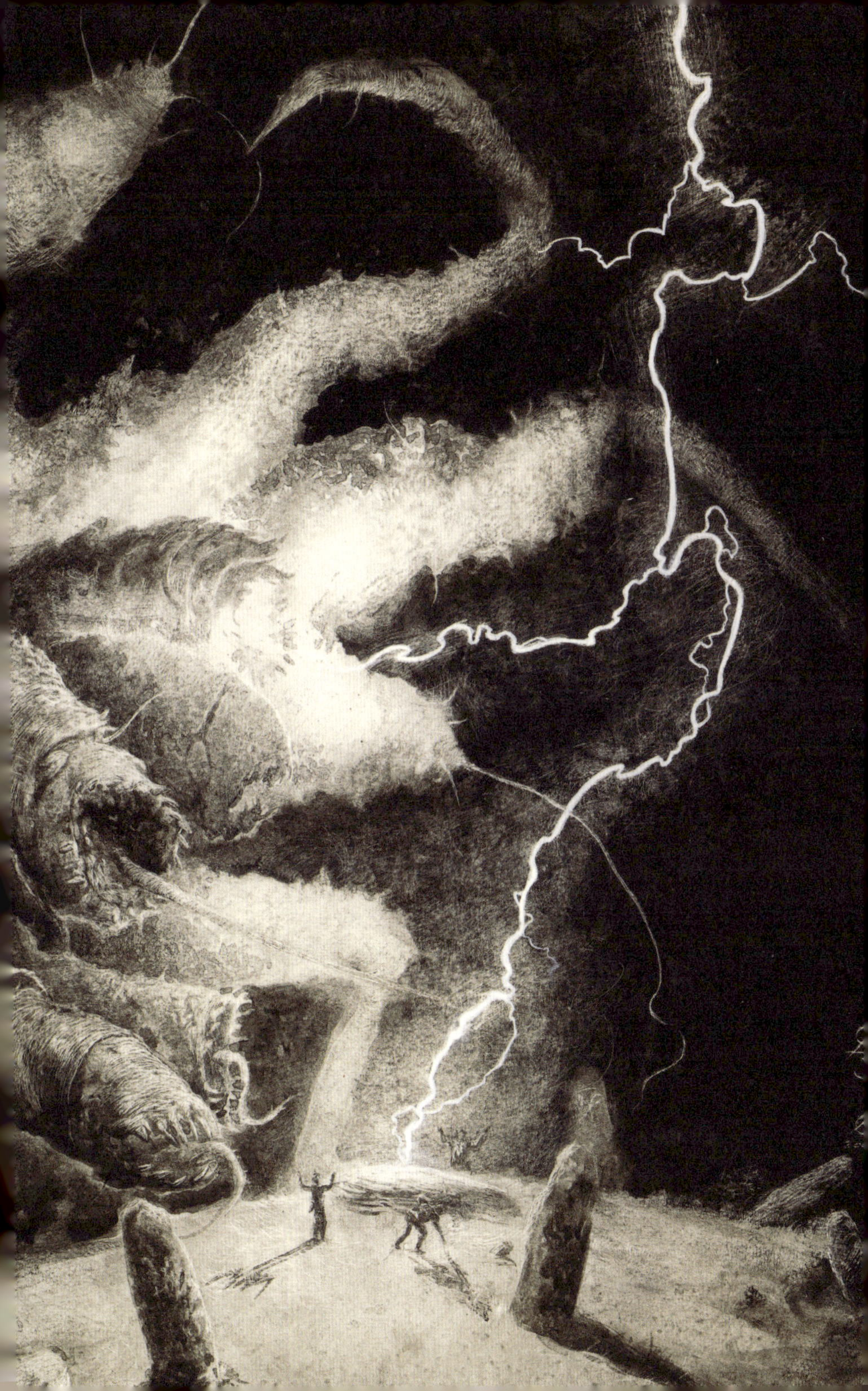

Naquele momento eles começaram a juntar forças e coerência renovadas e entraram em completa, absoluta e extrema exaltação.
– *Eh-y-ya-ya-yahaah* – *e'yayayaaaa... ngh'aaaaa... ngh'aaa... h'yuh... h'yuh... HELP! HELP!... ff - ff - ff – FATHER! FATHER! Yog-Sothoth!...*

Mas foi só isso. O pálido grupo na estrada, ainda cambaleante diante das sílabas inegavelmente em inglês que tinham brotado densas e estrondosas do frenético vazio ao lado daquela pedra-altar estarrecedora, nunca mais ouviria aquelas sílabas. Em vez disso, pularam violentamente diante do estrondo aterrador que pareceu destroçar as colinas; o estrépito ensurdecedor e cataclísmico cuja fonte, fosse o interior da terra ou o céu, ninguém que o ouviu jamais conseguiria localizar. Um único relâmpago se lançou do zênite roxo até a pedra-altar, e uma grande onda de força cega e mau cheiro indescritível desceu da colina e se espalhou por toda a região. Árvores, capim e mato foram violentamente arrancados; e no sopé da montanha os homens assustados, enfraquecidos pelo fedor letal que parecia prestes a asfixiá-los, quase foram derrubados. Cães uivavam ao longe, o capim verde e as folhas murcharam e desbotaram, adquirindo uma estranha cor cinza-amarelada pálida, e pelos campos e florestas espalhavam-se corpos de bacurais mortos.

O fedor passou logo, mas a vegetação nunca mais se recuperou. Até hoje há alguma coisa estranha e temível na vegetação daquela colina apavorante. Curtis Whateley acabava de voltar a si quando os homens de Arkham chegaram, descendo a montanha lentamente, sob a luz de um sol novamente brilhante e límpido. Vinham sérios e quietos e pareciam abalados por lembranças e reflexões ainda mais terríveis do que as que tinham reduzido o grupo de habitantes do lugar a um estado de desalento e temor. Em resposta a um emaranhado de perguntas, eles apenas balançaram a cabeça reafirmando um único fato vital.

– A coisa se foi para sempre – disse Armitage. – Ela se decompôs naquilo de que era feita originalmente e nunca mais poderá existir. Era uma impossibilidade em um mundo normal. Apenas uma fração minúscula era realmente matéria no sentido que conhecemos. Era como seu pai, e sua maior parte voltou para ele, em algum vago reino ou dimensão exterior ao nosso universo material; algum vago abismo fora do qual apenas os perversos ritos da blasfêmia humana poderiam tê-la chamado por um momento às colinas.

Houve um breve silêncio, e nessa pausa os sentidos dispersos do pobre Curtis Whateley começaram a se tecer numa espécie de continuidade; então ele levou as mãos à cabeça com um gemido. A memória parecia recomeçar no ponto em que se havia rompido, e o horror da visão que o prostrara tomou-o novamente.

– Ai, ai, aquela metade de rosto, aquela metade de rosto no alto... aquele rosto de olhos vermelhos e cabelo albino quebradiço, sem queixo, como os Whateley... A coisa era uma espécie de polvo, de centopeia, de aranha, mas em cima tinha metade de um rosto de homem e parecia o bruxo Whateley, só que era muitas polegadas mais alta...

Fez uma pausa, exausto, e o grupo todo olhava para ele num estado de perplexidade que ainda não se cristalizara completamente em terror. Só o velho Zebulon Whateley, que recordava ao acaso coisas antigas mas se mantivera em silêncio até então, falou em voz alta.

– Quinze anos atrás – ele disse – ouvi o Velho Whateley dizer que algum dia íamos ouvir o filho da Lavinia chamar o nome do pai dele no alto da Sentinel Hill...

Mas Joe Osborn o interrompeu para voltar a interrogar os homens de Arkham.

– Afinal, o que era e como o Jovem bruxo Whateley fez para chamá-lo do ar de onde veio?

Armitage escolheu suas palavras com cuidado.

– Aquilo era... bem, era acima de tudo uma espécie de força que não pertence à nossa parte do espaço; uma espécie de força que age, cresce e se forma por leis diferentes daquelas do nosso tipo de Natureza. Não temos por que chamar essas coisas do exterior, e só pessoas e cultos muito perniciosos tentam fazê-lo. Havia um pouco da coisa no próprio Wilbur Whateley, o suficiente para torná-lo um demônio e um monstro precoce e para fazer de sua morte uma visão terrível. Vou queimar o maldito diário dele, e vocês, homens, se forem sensatos deverão dinamitar aquela pedra-altar, e derrubar todos os círculos de pedra remanescentes nas outras colinas. Essas coisas trouxeram os seres de que aqueles Whateley tanto gostavam, os seres que eles tornariam tangíveis para exterminar a raça humana e arrastar a Terra para algum lugar inominável com algum propósito inominável.

– Mas, quanto a essa coisa que acabamos de mandar de volta, os Whateley a criaram para participar de maneira terrível nos feitos que aconteceriam. Cresceu depressa e muito, do mesmo modo como Wilbur cresceu depressa e muito, mas ela o ultrapassou porque tinha uma parte maior de exterioridade. Não perguntem por que Wilbur a chamou do ar. Ele não a chamou. *Era seu irmão gêmeo, mas parecia-se mais com o pai do que ele.*

*

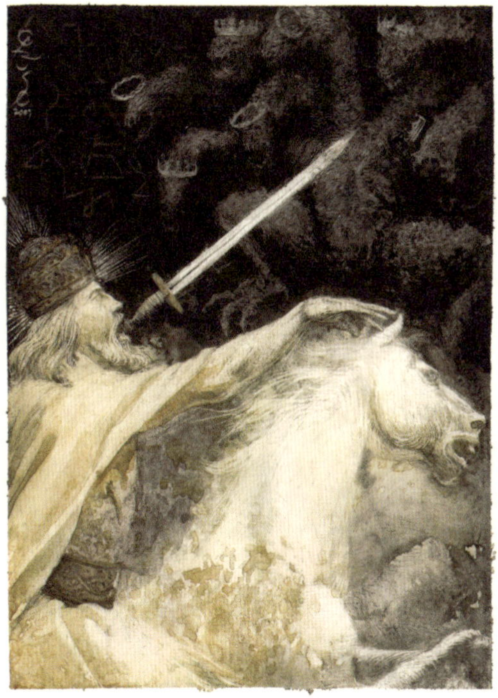